Sonya
ソーニャ文庫

狂王の情愛

富樫聖夜

イースト・プレス

contents

プロローグ　十一歳の誕生日　005
第一章　ブラーゼンの第四王子　018
第二章　辛い過去　049
第三章　聖王　107
第四章　聖王妃　146
第五章　狂王　192
第六章　聖王妃の選択　239
エピローグ　箱庭の中で彼女は笑う　291
あとがき　302

プロローグ　十一歳の誕生日

「姫様。今日は姫様の十一回目の誕生日ですよ。おめでとうございます」

起き抜けに乳母《うば》のパムに言われるまで、ティアリスは自分の誕生日のことを思い出しもしなかった。母親のいない誕生日を迎えることを、心のどこかで考えまいとしていたのだろう。

ベッドの上で日にちを数えて、パムの言うとおり今日が誕生日だと知ると、ティアリスは微笑んだ。母親のことを思い出すとちくりと心は痛んだが、祝ってもらえるのはやっぱり嬉しかったのだ。

「すっかり頭から抜け落ちていたわ。ありがとうパム」

「ふふ。このパムはちゃんと姫様の大事な日を覚えておりますからね」

パムは笑いながら寝室の隅《すみ》に置かれていた小さなチェストに向かった。

「とてもおめでたい日なので、今日は奥方様が気に入っておられたこのピンクのドレスにしましょうね、姫様」

パムがチェストから取り出したドレスを見て、ティアリスは困ったように首を傾《かし》げる。

「パム。でもそのドレスは、もう私には小さいのではなくて？」

「大丈夫でございますよ。今の姫様に合うように手直ししておきましたから」

パムは得意げに笑ってピンクのドレスを広げる。言われてみれば短くなった丈《たけ》を補うように裾《すそ》に白いレースが足されていた。

ティアリスの住むこの小さな屋敷には使用人はパムしかいない。そして冷遇《れいぐう》されているティアリスのために城のお針子《はりこ》たちが動いてくれることはない。だからきっとパム自身がティアリスに見えないところで今日のためにコツコツと手直ししてくれていたのだろう。

「ありがとう、パム」

ティアリスはベッドから飛び降りるとパムに抱きついた。パムは小さなティアリスの身体を受け止めて笑う。

「大切な姫様のためですもの。これくらいなんでもないですよ。さぁ、ドレスを着て朝食をいただいたら、ドレスを奥方様のお墓に見せに行きましょう。きっと奥方様もお喜びになりますよ」

「ええ。そうね」

頷《うなず》くと、ティアリスは着替えるために夜着のボタンに小さな手を伸ばした。パムに手伝ってもらいドレスに着替えると、髪を梳《と》かしてもらうために鏡台《きょうだい》に向かう。

腰を下ろし小さな鏡台を覗《のぞ》けば、鏡には真面目そうな女の子が見返していた。

いつもは伏せがちな青い宝石のような目が今は大きく見開かれ、その瞳に自分の姿を映し出している。鼻梁《びりょう》は細く、アーモンド形の小さな唇が何か言いたげに少しだけ開かれていた。母親譲りのまっすぐな淡い金髪に縁どられた顔は、華やかさはないが上品で繊細《せんさい》で、良くも悪くもどこか見る者の情に訴《うった》えるものがあった。

「姫様はますます奥方様に似てこられましたね」

ティアリスの髪を櫛《くし》で梳かしながらパムがしみじみと言う。

「本当？　とても嬉しい」

たとえ、そのせいでますます王妃に疎《うと》まれようが、母親と似ていると言われることは、ティアリスにとってとても喜ばしいことだった。

にっこりとティアリスは笑った。そのとたんに鏡の中の顔が、光が差し込んだように明るく華やかな雰囲気になる。けれどすぐにあることを思い出し、笑顔は消えた。

「今日が私の誕生日ということは、城ではお祝いの準備で大わらわなんでしょうね……」

ポツリとティアリスの口から零《こぼ》れた言葉に、パムは一瞬だけ顔をこわばらせ身体を硬くする。けれど、すぐに何事もなかったかのように、手を動かし始めた。

「そうですね。いつものことですよ」

「……そうね、いつものことね」

城の外れにある屋敷からめったに出ることのないティアリスはまだ目にしていなかった

が、城中が王女の誕生パーティの準備に追われていた。けれどそれは、三日後に誕生日を迎える異母姉ファランティーヌのためのものだった。

この時期は皆、由緒正しい血を持つ美しい王女の誕生祝いの準備に忙しく、ティアリスの誕生日がその直前に訪れていることを誰も気づかない。実の父親でさえも。

……いや、気づいたとしても、誰も祝おうとはしないだろう。ティアリスはこの城ではいらない存在なのだから。

だからティアリスは生まれてこの方、母親と乳母のパムからしか誕生日を祝ってもらったことがない。小国とはいえ一国の第三王女という身でありながら、その暮らしは質素で、うら寂しいものだった。

「でもいいの。他の誰が祝ってくれなくても、パムがおめでとうって言ってくれたから」

鏡を見つめたまま微笑んで言うと、パムが目を潤《うる》ませる。

「姫様……せめて奥方様がご存命でしたら……。奥方様も、姫様の誕生日をお祝いしたかったでしょうに」

ティアリスの母親は去年流行《はや》り病で亡くなっていた。その時のことを思い出すと、今でもティアリスの胸は引き絞られるかのように痛む。

「私も……お母様がいてくれたらと思うわ」

生まれてからずっとこの小さな屋敷に押し込められているティアリスにとっては、母親とパムが世界のすべてだった。王妃に疎まれ憎まれても、異母姉に意地悪されても、母親がいたから耐えられたのだ。その母親を亡くし、ティアリスの世界は色を失ってしまった。

「パム、パムはいなくならないでね。パムまでいなくなったら……私は……」

言葉が詰まってそれ以上は出てこなかった。わがままを言っている自覚はある。けれど、唯一自分に残された大切な存在だけは失いたくなかった。

「姫様、もちろんこのパムはずっと姫様のお傍におりますとも」

パムは力強く頷くと、手早くティアリスの髪を整え、レースのリボンで飾った。ドレスの裾と同じ生地のレースだった。

「はい。できましたよ。姫様」

「ありがとう、パム！」

「さぁ、お食事をして、それから奥方様のお墓参りに行きましょう」

「うん！」

亡骸《なきがら》を引き取る親戚もいなかったティアリスの母親は、屋敷の庭の一角に葬《ほうむ》られ、静かに眠っている。その墓に足を運び、周囲を綺麗に整えるのがティアリスの日課だった。

寂しくても、平穏な日々。

——せめて、ずっとこのままで。

ティアリスは願う。パムとこのまま静かに暮らしていたい。

けれど、いつだって運命はティアリスの願いを踏みにじる。

——その知らせが届いたのは、朝食を終えて墓参りに出かけようとしていた時だった。

父王に仕えている侍従《じじゅう》が屋敷にやってきて、慇懃無礼《いんぎんぶれい》に告げたのだ。

「陛下が王女様をお待ちです。すぐにいらしてください」と。

「え？　お父様が？」

思わずティアリスは眉を顰《ひそ》めた。

ティアリスの父親であるロニオン王は、母親の美しさに惹《ひ》かれて無理やり側室にしておきながら、すぐに飽きて母子を城の外れにあるこの小さな屋敷に押し込めてしまった。その後はまるで気に留めず、普段は存在すら無視しているのだ。どうしても出席させなければならない行事の時に顔を合わせる程度で、屋敷を訪れることはおろか、娘であるティアリスに声をかけたこともなかった。

王妃に遠慮したわけではない。父王にとってティアリスと母親のことは恥ずべき過去なのだ。そんな父王がティアリスを呼んでいるという。怪訝《けげん》に思わないわけがない。

「もしや、今日が姫様の誕生日であることを思い出して、お声をかけようというのでは？」

パムが小さな声で耳打ちする。

「そうかしら……？」

楽天的なパムは、行事でもないのに誕生日であるこの日に呼ぶのは、祝いの言葉をかけるためとしか思いつかないのだろう。けれど、ティアリスは違う。生まれて十一年間、無視され冷遇されてきた彼女は、父王に何ひとつ期待していなかった。

そうは言っても、一国の王の招集に応じないわけにはいかない。できれば屋敷から出たくはなかったが、この城の中では父王の言葉は絶対だ。

「分かりました。すぐにまいります」

ティアリスは内心深いため息をつきながら侍従に言った。


――一体なぜ呼ばれたのかしら？

侍従に案内されながら、ティアリスの頭の中では疑問が渦巻《うずま》いていた。ここしばらく行事の予定はなく、三日後に控《ひか》えたファランティーヌの誕生祝いの宴に呼ばれることはありえない。見当もつかないが、もっと別の用件なのだろう。

城の廊下を進む彼女の姿に気づいた使用人や兵士たちが、顔を顰《しか》めたり、ひそひそ話をしたりしていることに気づいて、ティアリスはいつものように目を伏せる。

王妃に疎まれ、父王に無視されているティアリスに対する人々の態度はとても厳しく、屋敷を一歩出たとたんに蔑《さげす》みと冷ややかな視線を向けられるのが常だった。父王には他にも何人か側室がいて、彼女たちのことも王妃は疎んでいたが、それでもここまで風当たりが強いのはティアリスだけだ。

なぜなら、ティアリスの母親が平民だから。美しさだけで王の気を引き、側室に収まった下賤《げせん》の女。――そう城中の者から思われているからだ。そして、下賤の女の血を引くティアリスも王族の面汚《つらよご》しと言われ、疎まれている。

北方の国であるロニオンの冬は厳しいが、それにも増して城の中はティアリスたちにとって冷たい場所だった。

　ふぅとため息をついて視線を上げたティアリスは、先を行く侍従が国王の執務室へ通じる通路の手前で曲がるのに気づく。

「……執務室ではないのですか？」

「陛下は謁見《えっけん》の間で王女様をお待ちです」

　侍従は足を止めることなく、淡々と答える。謁見の間と聞いて、ティアリスは嫌な予感を覚えた。

「お呼びにより、参上いたしました」

　足取りも重く謁見の間に向かったティアリスは、正面にいる中年の男に向かって頭を下げる。

「おお、来たか、ティアリス」

　玉座に座っている恰幅《かっぷく》のよい男性こそ、ティアリスの父親であるロニオン国王だ。驚くことに謁見の間には国王だけでなく王妃や重臣たち、それにファランティーヌまでいた。

　父王は挨拶《あいさつ》することもなく、もちろん誕生日を迎えたティアリスに祝いの言葉をかけることなく、居丈高に告げた。

「ティアリス、お前はブラーゼン神聖王国に行くこととなった。準備が整い次第、すぐに向かうがよい」

「――――え？」

予想もしなかった言葉にティアリスは目を丸くする。

さすがに何の説明もなしに外国へ行けというのは気の毒だと思ったのか、重臣の中の一人――外務大臣が口を開いた。

「ブラーゼン神聖王国が同盟国に王女を差し出すようにと通達してきたのです」

ブラーゼン神聖王国は大陸の南方に位置し、ここ五十年ほどの間に大きく発展した国だ。恵まれた気候風土と豊富な資源を背景に軍備増強を推し進め、今では大陸有数の強国として名を馳《は》せている。ロニオンは数年前からブラーゼン神聖王国と同盟関係を結んでいた。

「わがロニオンは元々長くアザルス帝国と同盟関係にありましたから。その盟主を見限った我々を信用できないと考えるのも無理はありませんな」

元々ロニオンはこの国よりさらに北に広がる強国、アザルス帝国を盟主と仰いでいた。だがそのアザルス帝国は、ここ二十年ほど次期国王の座を巡って内戦状態に陥《おちい》り、国力や経済力も低下し、すっかり零落《れいらく》してしまった。そこでロニオンをはじめとする北方の小さな国々は、アザルス帝国を見限り、こぞって南方の強国ブラーゼン神聖王国と同盟を結んだのだ。

そのブラーゼン神聖王国がつい先日、同盟国に王女を一人預けるように通達してきた。要するに人質だ。

「断ることはできません。ブラーゼン神聖王国に逆らえばロニオンなど簡単に滅ぼされてしまうでしょう。そこで、ティアリス王女様にブラーゼン神聖王国に行ってもらうことになったのです」

「そう……ですか……」

つまり十一歳になったばかりのティアリスを人質としてブラーゼン神聖王国に差し出そうというのだ。もう一人王女がいるにもかかわらず。

「実はな、この話は元々ファランティーヌに来たものだったのだ」

もう一人の異母姉にあたる第一王女は側室腹で、ティアリスが物心つく前に隣国の親子ほども年の離れている公爵のもとへ嫁《とつ》がされて、そこで病死していた。恥ずべき存在として隔離《かくり》されてきたティアリスは公の場に出ることはめったになく、その存在はほとんど知られていない。だからブラーゼン神聖王国もファランティーヌを念頭に、王女を差し出すように言ってきたのだろう。

「だが、可愛いファランティーヌを遠いブラーゼン神聖王国になどやるのはもってのほかだ。ファランティーヌも行きたくないと言っておるしな」

父王の言葉に、ティアリスは謁見の間に入って以来、初めて異母姉に視線を向ける。父王と王妃の間に挟まれて小さめの玉座に優雅に腰を下ろしている女性は、勝ち誇ったような目でティアリスを見おろしていた。

王妃譲りの蜂蜜《はちみつ》色の髪に、明るい碧《みどり》色の瞳。大輪のバラを思わせる華やかな顔立ち。第二王女ファランティーヌは生まれながらにして美しく、十五歳になった今はますます輝きを見せる美貌《びぼう》で周囲を虜《とりこ》にしていた。

　その最たる者は父王だろう。父王はファランティーヌを目に入れても痛くないほど可愛がり、彼女の望むものは何でも与えていた。

　ファランティーヌは美しい顔に微笑を浮かべて、わざとらしい甘い口調で父王に言った。

「だって、ブラーゼン神聖王国は遠いもの。わたくし、お父様と離れてそんな遠い国になんて行きたくないわ」

　とたんに父王は相好《そうごう》を崩《くず》す。

「もちろんだとも。可愛いお前を私たちの手の届かない場所にやるなど耐えられん。幸い、このロニオンには他に王女がいる」

「そうね。ブラーゼン神聖王国にはあの子が行けば十分よね」

　ちらりとティアリスを見ながらファランティーヌは意地悪く笑う。

　今まで一言も口を開かなかった王妃が玉座から冷たい声でティアリスに告げた。

「下賤の血を引く身でわたくしの娘の代わりになれるのよ、光栄に思いなさい」

　なるほどと思う。自分はファランティーヌが人質を嫌がったから身代わりとして遠い地に行かされるのか。王妃やファランティーヌ、そして父王にとっても邪魔なティアリスを追い出すのにはよい口実なのだろう。体《てい》のいいやっかい払いだ。

　ティアリスは胸の奥から何かが湧き上がってくるのを感じて目を閉じた。

『憎んではだめよ、ティアリス。心を凍《こお》らせないで。あなたにはいつも笑っていて欲しいの』

不意に、母親の最期《さいご》の言葉が脳裏をよぎる。ティアリスは母親の面影を胸に、その感情にそっと蓋《ふた》をした。目を開けて、ドレスの裾を持ち、玉座に向かって頭を下げながら唯一口にできる言葉を紡《つむ》ぐ。ここで嫌がっても、何を言っても無駄なのは分かっていた。

「承知いたしました。ロニオンの王女としてブラーゼン神聖王国に赴《おもむ》きます」

彼らには何も期待していなかった。そんな気持ちなどとうに潰《つい》えた。流行り病に倒れた母親が、満足に医者にも診てもらえず亡くなった時に、ティアリスはもう他人に何かを望むことも、期待することもやめたのだ。

「うむ。準備は外務大臣に一任してある。よきに計らうように」

「はい。それでは、これで失礼いたします」

ティアリスは再び頭を下げる。けれど父王はすでにティアリスの言葉など聞いてはいなかった。ファランティーヌが甘えるような声でこう言ったからだった。

「ねぇ、お父様。聞くところによると、ブラーゼン神聖王国で織られているレースは王侯貴族にしか手を出せない最高級品だとか。わたくし、そのレースで誂《あつら》えたドレスを着てみたいわ。お父様に誕生日祝いとしていただいたネックレスがとても映えると思うの」

「おお、いくらでも作るといいぞ。美しいお前が着れば最高級のレースも喜ぶだろう」

その会話を耳にしながらティアリスはそっとその場から席を外そうとする。ところが謁見の間を出ようとしたその時、急に父王が声をかけてきた。

「ティアリスよ」

「は、はい」

ティアリスは足を止めて振り返る。なぜか胸が少しだけドキドキした。なぜなのかは分からない。もしかしたら、パムの言葉でほんの少しだけ期待をしていたのかもしれない。

ところが、父王はティアリスにこう告げただけだった。

「ロニオンの王女の名に恥じぬよう、しっかり役目を果たすのだぞ」

ねぎらいの言葉でも、謝罪の言葉でも、もちろん誕生祝いの言葉でもなかった。きっと父王は今日がティアリスの誕生日であることをちらとも思い出すことはないのだろう。もしかしたら知らないのかもしれない。ティアリスが生まれた時にはすでに母親への関心は無くしていたそうだから。

けれど、王妃とファランティーヌは今日がティアリスの誕生日であることを知っている。分かっていて、わざとこの日にブラーゼン神聖王国行きを告げたのだろう。玉座から嘲《あざけ》るような目で見ている二人の表情がそれを暗に示していた。

そっと目を伏せ、ティアリスは小さな声で答える。

「はい。ロニオンの王女として精一杯役目を務めさせていただきます」

期待をしない。何も望まない。すべてを諦《あきら》め、受け入れる――。

それが、ティアリスに与えられたたった一つの道だった。

第1章　ブラーゼンの第四王子

「王女様、起きてください」

侍女のトーラの声にティアリスはパチッと目を開ける。

「食事の支度はできております。着替えが終わったらいらしてください」

そっけない声で言うと、トーラはティアリスの返事を聞かないまま寝室から出て行った。

ティアリスはベッドから起き上がり、ふぅと小さなため息をつくと、大きな窓ガラスに視線を向ける。テラス窓の向こうには青空が広がっていた。北国のロニオンでは、この時期はいつもどんよりしていて、あんな青空になることはめったにない。

……当然だ。ここはロニオンではないのだから。

ベッドからおりて窓に近づくと、ティアリスはガラス戸を開けてテラスに出る。すぐに目に入ったのは、木々の生い茂った庭だ。荒れ果て、一部分を除いて雑草が伸び放題《ほうだい》になっている。その緑に覆われた庭を、高い煉瓦《れんが》の壁がぐるりと取り囲んでいた。

高い壁は庭だけでなく、ティアリスの住むこの大きな後宮全体をまるで覆い隠すように建てられている。後宮のどの部屋の窓からも必ず高い壁が見えてしまい、妙な圧迫感があるために王女たちには不評だった。けれど、生まれた時から小さな屋敷に押し込められ、隔離されていたティアリスは特に何とも思わなかった。

生活もロニオンにいた頃と変わらない。相変わらず息をひそめてひっそりと暮らしている。

――そう。変わらない。ただ、一つだけ変わったのは……。

「パムは元気かしら……」

テラスの手すりに摑まり、ぼんやり壁を眺めながらティアリスはポツリと呟く。

ティアリスがブラーゼン神聖王国に来てから二か月が経っていた。その間に季節は変わり、春になっていた。とはいえ、冬でも温暖なこの国とは違い、北国《ロニオン》はこの時期でもまだ寒く、暖炉《だんろ》の火を絶やすことはできない。パムも朝起きて何をさておき一番にやることは暖炉の火を熾すことだった。それからお湯を沸《わ》かし、温かいお茶を淹《い》れて、ティアリスを起こしにやってくる。

『おはようございます、姫様。着替えて温かなお茶をいただきましょう』

優しいパムの声を思い出し、ティアリスの胸が切なく疼いた。

――パムに会いたい。

けれどそれは決して口にできることではなかった。それに、口にしたところでどうにもならない。パムとはすでに遠く離れてしまっているのだから。

パムをブラーゼンに連れてくることはできなかった。衣食住、それに世話をする侍女もすべてブラーゼン側が用意するので、供は不要だと言われたのだ。

そもそもパムは侍女ではなく乳母だ。冷遇された側室とその娘が住む屋敷では誰も働きたがらず、侍女のなり手がなかったため、ティアリスがもう乳母が必要ない年になってもパムは母子の世話をするために残ってくれたのだ。故郷に夫と息子を残してまで。

――だから、きっとこれでよかったんだわ。

あのままだったら、ティアリスはパムの優しさにつけ込み、ずっと自分に縛りつけていただろう。ティアリスがいなければ、パムは故郷に帰って家族と暮らすことができるのだ。

『姫様。必ず戻って来られますとも。パムはいつまでもお待ちしております』

ブラーゼンに出立する日、泣きながらパムと別れた時のことを思い出す。見送りをしてくれたのはパムを含めてほんの数名だけだった。その中には当然父王や王妃、兄の王太子、そしてファランティーヌの姿はない。それを悲しいとは思わなかった。ただひたすら、パムと亡き母親の思い出の残る小さな屋敷との別れだけが辛かった。

外務大臣と馬車へ乗り込み、少しずつ遠くなっていく城を窓から見つめながら、ティアリスは二度と自分がロニオンの地を踏むことはないのだと感じていた。いつ解放されるのか、いつ帰って来られるかも分からない。そもそも、ブラーゼンに着いたとたん殺されるかもしれないのだ。

父王や王妃、それにファランティーヌは、通達どおりに「ロニオンの王女」を差し出せばいいと考えているようだが、事はそんなに簡単なものではない。庶子《しょし》の王女を送り込んだことをブラーゼン側が侮辱《ぶじょく》だと感じれば、ティアリスだけではなくロニオンだって無事ではすまないのだ。

この件について父王から丸投げされた外務大臣は、さすがにその役職についているだけあって、道中ずっと危惧《きぐ》していた。

『できれば、ファランティーヌ様に行っていただけるのが一番よかったのですが……』

ファランティーヌは正妃の娘で、ロニオンにとってもっとも価値のある王女だった。ブラーゼンが人質として差し出すように求めたのも、名指しこそしなかったが、ファランティーヌだ。しかし父王はファランティーヌ可愛さに人質としての価値の劣《おと》るティアリスを身代わりに送り出してしまった。

ブラーゼンがこれを不快に思わないわけがない。ティアリスはブラーゼンに入国した時、殺されることも覚悟していた。幸いなことに、二人は殺されることはなく、ティアリスも無事にブラーゼンの後宮に落ち着くことができたのだが、ヒヤリとする場面がなかったわけではない。

『なんだ、まだ子どもではないか』

謁見の間で怯《おび》えながらも何とか深く頭を下げて挨拶をしたティアリスを見て、ブラーゼンの聖王は不快そうに鼻を鳴らした。あの時はいよいよだめだと思ったが、幸運にもその日は、ティアリスたちのあとにも同盟国から続々と王女たちが到着していたこともあり、聖王や側近たちは弱小国のことなどすぐに忘れたようだ。

『いいですか、姫様。くれぐれも粗相《そそう》のないようにお願いします』

外務大臣は安堵しながらティアリスにそう言い残してロニオンに帰っていった。そして一人残されたティアリスは、王女たちの世話を任されているという初老の女官長に、後宮の一番奥にある小さな棟に案内された。

『急にここを使うことになり、手入れがまだ行き届いておりません。そのうちに人をやって整えさせますので、王女様には申し訳ありませんが、ひとまずこちらをお使いくださいませ』

ティアリスに与えられた部屋は小さく、長い間使われていなかったのは一目瞭然《りょうぜん》だった。庭は荒れ果て、部屋に備え付けてある調度品も古めかしい。埃《ほこり》は一応払われてあるものの、子どもの目からもかなりおざなりに見えた。もしこの部屋に通されたのがファランティーヌだったら絶叫して大騒ぎになるところだろう。

けれど、ティアリスは苦笑を浮かべただけで、いつものように静かに受け入れた。

あれから二か月経った今も、手入れをする人はやってこないままだ。尋ねようにも女官長もあれ以来まったく姿を見せない。おそらく弱小国の王女、それも冷遇されてきた庶子など放置しても問題ないと思ったのだろう。

それはそれでかまわない、とティアリスは思う。一度しか顔を合わせていないが、女官長のどこか見下したような目つきを思い出すたびに、心臓がぎゅっと握られたように苦しくなるからだ。ロニオンの城にいた者たちもよくあんな目をしてティアリス母娘《おやこ》を見ていた。顔を合わせずにすむなら、みすぼらしい部屋のままである方がましだ。

実のところロニオンでの待遇とさして変わりはないのだ。同じような場所に移っただけ。むしろ敵意を抱く王妃や、ティアリスたちの住む屋敷までわざわざ嫌みを言いに来るファランティーヌがいないだけマシだと言えた。

ただ、ここには唯一ティアリスを可愛がってくれたパムがいない。そのことが何よりもティアリスにとっては辛かった。

カタン、と音がして侍女のトーラが部屋に入ってくる。トーラはテラスにいるティアリスに気づいて顔を顰めた。

「王女様。まだ支度をしていなかったのですね。困ります」

「……ごめんなさい、トーラ。すぐに支度をするわ」

苦笑いを浮かべるとティアリスはそっとテラスを離れた。

トーラはティアリス付きの侍女だ。小さな荘園主の娘だというトーラは、ティアリス付きになってしまったことへの不満を隠そうともしなかった。もっと大きな国の王女付きになれば、後宮の中でも特に豪華な部屋で働ける上に、そのおこぼれにもあずかれる。ところがトーラが女官長に命じられたのは、みすぼらしい部屋に住む弱小国の王女、しかもまだ子どもだ。不満に思うのも無理はなかった。

ティアリスも申し訳ないと思っていることもあって、そんなトーラの態度の悪さをたしなめることもしないので、ますます彼女の勤務態度は悪くなっていく。

「早く支度をすませて食事をしてください。私も暇ではないんですから」

とげとげしい口調で言い捨てると、トーラはティアリスの支度を手伝うことなく部屋を出て行った。はじめの頃はそれでもしぶしぶと支度を手伝っていたが、ティアリスがシュミーズドレス程度だったら自分で着替えられると分かって以来、忙しいのを理由に仕事を放棄《ほうき》している。

もっとも、忙しいと言いながら仕事をしている形跡はなく、ティアリスが呼び出してもトーラが来たためしはない。トーラがティアリスのもとへ顔を出すのは、朝昼夜の三回、食事を持ってくる時だけだ。用事がない時は控えの間に待機しているのが普通だが、トーラは仕事をさぼり、ティアリスが文句を言わないのをいいことに、後宮の侍女仲間のところへ入り浸っているようだった。

そこまでトーラが好き勝手できるのも、ティアリスが文句の一つも言わないからだろう。すっかり侮《あなど》られていることは分かっているが、ティアリスにはどうしようもなかった。彼女を交代させたくても、訴える相手がいない。女官長は姿を見せず、たとえ彼女に訴えても事態は変わらないだろう。だからティアリスにできるのは、いつものように諦めて現状を受け入れることだけだった。

ただ、トーラの怠慢《たいまん》も悪いことばかりではない。彼女がいない間、ティアリスは気兼ねなく過ごせるからだ。

朝食を終え、トーラが食器を下げるために出て行くと、ティアリスは帽子《ぼうし》を手に庭に向かった。荒れ果てた庭の手入れをするためだ。

ティアリスが庭で雑草取りをしていることを知ったトーラはいい顔をしなかったものの、反対しなかった。何か言って、ティアリスの代わりに自分が草むしりをさせられるのは嫌だと思ったに違いない。おかげでティアリスはおおっぴらに庭の手入れをすることができるようになったが、この一件でトーラにはますます変な王女だと思われたようだった。

蝶《ちょう》よ花よと育てられてきた他国の王女だったら、土を弄ったり雑草を抜いたりする作業を自らの手でやろうなどとは思いつきもしないだろう。それは庭師の仕事だ。けれど、ティアリスはロニオンで、ささやかな庭の手入れを自分たちの手で行っていた。庭師が来てくれなかったからなのだが、母親とパムと三人で行う庭仕事はティアリスにとって楽しみの一つだった。母の口ずさむ陽気な歌を聞きながら、雑草を取り除き、土を均《なら》す。そうして整えた花壇に雪が降る前に植えた球根が、雪解《ゆきど》けと共に芽を出しているのを見た瞬間の喜びは何ものにも代えがたいものだった。

――ここには何を植えようかしら？

そんなことを考えながら一心不乱に雑草を抜いていく。地道な作業だが、その努力のおかげでここ半月ばかりの間に、整えられた範囲が少しずつ広がってきていた。

もちろんまだまだ植物を植えるには至らない。土に鍬《くわ》を入れて掘り返し、石や枯《か》れ木や根っこなどを取り除かなければならないのだ。それを子ども一人の力で行うのは気が遠くなるような作業だ。しかしティアリスはやり遂げるつもりでいる。

――時間だけは有り余るほどあるもの。

せっせと雑草を抜き続け、気がつくと数時間が経過していた。下ばかり向いていたせいで少し疲れてきたティアリスは、作業を中断し、顔をあげる。その際、日の光を反射した白い壁が目に留まり、眩《まぶ》しさに目を細めた。

この後宮と壁を作ったのは、今の聖王の祖父だ。好色だった彼は即位と同時に国中から美女を集め、周囲から隔絶された女の園《その》を作り、彼女たちに寵《ちょう》を競わせた。

ところが次代の王はそんな父王の行いと恥だと考え、父王が亡くなって自分が聖王に即位するとすぐに後宮を解散し、建物を封鎖してしまった。その息子――つまり今の聖王も数多くの側室を抱えているが、王宮内の敷地に離宮を建ててそこに妻子を住まわせている。だから今この後宮にいるのは、王の妾妃ではなく、純粋に人質として集められた王女たちだけだった。

人質としてブラーゼンに来ている王女たちも様々だ。ティアリスのように命じられて嫌々来ている王女もいれば、大国の王族の寵愛を得て自国の利にしたいという野心家の王女もいる。

そんな野心家の王女たちを最近騒がせているのが、ブラーゼンの第一王子と第二王子、それに第三王子だ。

偶然耳にした噂によれば、ブラーゼンの王子たちがこの後宮に足しげく通い、まるで競うようにして、気に入った王女たちと縁を結んでいるらしい。そのため、ここ最近は後宮全体がピリピリしていた。王子の寵愛を得れば、将来聖王妃になることも夢ではないからだ。互いに牽制し合い、侍女を巻き込んで一触即発になっているところもあるという。

トーラたち侍女のおしゃべりの話題ももっぱらそのことで、誰がどちらの王子の寵愛を得るか賭けまでする者までいるらしい。

この問題がそこまで大騒ぎになるのも、王子たちが揃《そろ》って王女たちのもとへ通うのも、もとをただせば次代の聖王問題に直結していた。

ロニオンでは基本的に王妃が産んだ王子か、王妃に男児がいなければ第一王子が王位を継ぐことになっているが、ブラーゼン神聖王国では王太子は聖王が指名することになっている。けれど今の聖王は数多くの側室を抱えて、王子も四人いるが、聖王妃をおかず、まだ王太子も指名していない。そこで、第一王子と第二王子、そして第三王子を支持する貴族が三派に分かれて王太子の座を巡り争っているのだという。

第一王子と第二王子の母親はそれぞれ諸外国から娶《めと》った王女で血統は申し分ない。一方、第三王子の母親はブラーゼン神聖王国内の有力な貴族出身だ。血統には劣るものの、母親の実家の権力は侮れないものがあった。

——大国には大国なりの問題があるのね。

外務大臣に教えてもらったブラーゼン神聖王国の情勢を思い出しながら、ティアリスは他人事のように考える。実際、後宮内の争いも、騒ぎも、自室に引きこもっているティアリスにとっては蚊帳《かや》の外の出来事だ。

ティアリスが望むのは、波風を立てずにこのまま静かに過ごすことだけだった。

壁から視線を外し、ティアリスは雑草取りを再開させる。まだしばらくの間はトーラも戻ってこないだろう。それまでは何をしても自由だ。庭の手入れも、母親やパムと一緒にロニオンの庭で過ごした懐かしい日々に思いを馳せることも。

＊＊＊

その穴にティアリスが気づいたのは、庭の手入れを始めてから一か月近く経ってからのことだった。

ようやく雑草取りが終わり、壁際に生える低木を少しでも見栄えよくしようと鋏《はさみ》を手にして枝をかき分けた時、壁の一角に穴が開いているのを見つけた。今まで気づかなかったのは、かつては低木だったものが手入れもされず放置されて、まるで目隠しのように壁の一角を覆い隠していたからだ。

穴は大きくも小さくもなく、子どもがようやく通れるくらいの広さだ。一応、応急処置でもしたのか、穴を塞《ふさ》ぐための石が積まれ、泥土《でいど》で覆ってごまかしていたようだが、長い間に土が剝《は》がれ落ちてむき出しになってしまったらしい。敷き詰められた石も風化し、いくつも隙間ができていた。ためしにティアリスが中の石を引っ張ると、簡単に抜けてしまう。

——もしかしたら、壁の向こうが見えるかも？

ティアリスは穴を塞いでいた石をすべて取り除いた。穴の向こうがどうなっているのか興味があったからだ。ドキドキしながら這《は》いつくばって向こう側を覗いてみると、あいにくと見えるのはこちら側と同じような低木の枝と葉だけ。どうやら向こう側も庭のような場所になっているらしい。

ティアリスは逡巡したあと、穴の中に頭を突っ込んだ。思った通り、今のティアリスの身長なら容易に穴を通り抜けることができそうだ。しかしその時点で躊躇《ちゅうちょ》してしまい、ティアリスは頭を引き抜いた。

もし誰かに見つかったらさぞ怒られることだろう。いくら穴が開いていたからといって勝手に抜け出したのがバレたら……。

頭を横に振って好奇心を抑えると、ティアリスはそっと穴から離れた。

見なかったことにしよう、そう思った。けれど、穴のことはずっとティアリスの頭の中から消えることはなく、三日後、とうとう好奇心に負けて小さな身体をぽっかり空いた空間に滑り込ませてしまった。

王妃の逆鱗《げきりん》に触れないように、身を潜めるように生きてきたロニオンにいた頃のティアリスだったら、絶対にやらなかっただろう。けれど、ブラーゼンに来て三か月が過ぎて、ロニオンにいた頃よりも少しだけ解放された気分になっていたこともあり、どうしても好奇心が抑えられなかった。三日間、穴を窺《うかが》ってみても、向こう側にまったく人の気配が感じられなかったことも、ティアリスの小さな冒険を後押ししていた。

穴を抜け、手を伸ばして向こう側の低木をかき分けながら進んだ。低木の厚みはそれほどではなかったらしく、すぐに広い空間に出る。四つん這いのまま顔をあげたティアリスの目の前には、庭が広がっていた。

ここも手入れが行き届いていないようで、雑草があちこちに生えている。ただ、花壇にはちゃんと花が咲いていることから、隣接するティアリスの庭よりは荒れ方がマシだと言えよう。庭の向こうには屋敷が見えた。おそらくここはあの屋敷に付随する庭なのだろう。

立ち上がったティアリスは、改めてぐるりと庭を見渡した。そして、庭の中央に一本だけ生えた大きな木に視線を向けた瞬間、息を呑《の》んだ。

黒髪の少年が分厚い本を手に木の幹に背中を預けるようにして腰を下ろしていたのだ。しかもその視線は本ではなくまっすぐティアリスに向けられている。

——見つかった……！

ティアリスの顔からさぁっと血の気が引いた。

——怒られてしまう！

「あの、その……」

——どうしよう、どうしたらいいの？

謝らなければと思うものの、うまく言葉にならなかった。考えようとすればするだけ、頭の中が真っ白になって何も浮かばない。それがますますティアリスを焦らせる。

「その、私……」

心臓がバクバクいって、自分の声すらも聞き取れないほどだ。そんなティアリスをよそに、少年は軽く目を見張りながら問う。

「驚いたな。君はどこから現れたの？」

驚いたと言いながら、とても落ち着いた声だった。そこにはティアリスが恐れていたような咎《とが》める響きはない。それに気づいて、ようやく少しだけティアリスの鼓動が落ち着いた。深呼吸をして、声を振り絞る。

「あの、穴が……開いていて、それで……その……」

「穴？　どれ」

少年は興味を引かれたようで、本を地面に置いて立ち上がると、まっすぐティアリスの方に向かってくる。ティアリスの鼓動が再び大きく鳴り出した。

近づいてくるにつれ、先ほどまでは遠くてよく分からなかった少年の容姿がはっきりと見えてくる。襟元まで伸びた柔らかそうな黒髪に、黒曜石のような瞳を持つ、綺麗な顔立ちの少年だった。綺麗と言っても、キツイ感じはまったくなく、むしろ柔和で品のよささえ窺わせる。歳は十五ほどだろうか。身に着けている服は地味ながら上等なもので、使用人などではないことは明らかだった。

彼は棒立ちになったまま動かないティアリスの隣に立つと、ひょいっと低木の裏を覗き込む。

「ああ、本当だ。穴が開いている。今まで気づかなかったな。穴の様子からすると最近開いたものではなく、かなり前から開いていたのだろう」

「も、申し訳ありません、か、勝手に入り込んで。壁の外がどうなっているのか、見てみたくて……」

「別にかまわないさ。通れそうな穴が開いていれば、誰だって覗いてみたくなるものだ」

肩を竦《すく》めると、少年は改めてティアリスを見る。

「ところで君は？　壁の向こうは後宮だから、どこかの王女なのだろう？」

ティアリスはハッとなって、慌てて淑女の礼《カーテシー》を取って頭を下げた。

「申し遅れました。私は……ティアリス・ロニオンと申します」

「ロニオンの王女か。僕はセヴィオス・ブラーゼン」

「ブラーゼン……」

大きく目を見開いて、少年の顔を見返す。ブラーゼンの名を冠《かん》しているということは、彼は王族だ。外務大臣から教えてもらったブラーゼンの王族に関する情報を記憶から掘り起こし、ティアリスは震えながら再び頭を下げた。

彼はブラーゼン聖王の第四王子だ。

「で、殿下、重ね重ね申し訳ありません。無礼をお許しください……！」

「別に何も無礼などではないから、気にする必要はないよ。それより、せっかく穴を抜けたのだから、気がすむまで見ていったらいい。ご覧のとおり大したものはないけれどね」

セヴィオスは庭を指すと、ティアリスの返事を待つことなく彼女を放置してスタスタと大木の方へ戻っていく。そして前と同じ場所に腰を下ろすと、本を手に取って読み始めた。まるでティアリスなど最初からいなかったかのように。

ティアリスはあっけに取られてその様子を眺めていたが、時間に限りがあることを思い出し、好意に甘えて庭を見させてもらうことにした。

──あの方の言うように、せっかくこちら側が見たくて穴を抜けたのだもの。

多少荒れていると言ってもこちらはティアリスの庭に比べると手入れをされていた頃の名残を留めている。祖国とは気候風土が違うので、どんなふうに整えていったらいいのか皆目見当もつかなかったのだが、ここを自分の庭作りの参考にさせてもらえればと思った。

おずおずと足を踏み出して、花壇に近づく。気になってちらっとセヴィオスの方を窺うが、彼は本から顔をあげる気配もなかった。

セヴィオス・ブラーゼン。ブラーゼン神聖王国の第四王子。けれどその名は、侍女たちの噂話にも、王女たちの世間話でもめったにあがることはなかった。

一つは王位継承権を持ちながらも、母親の身分が低く、王太子の座からもっとも遠いと思われているからだ。

もう一つの理由としては、第四王子がめったに公の場に姿を現さず、人物像を知る人間が少ないことがあげられる。いつも屋敷に引きこもって本ばかり読んでいる変わり者らしいが、それ以上のことは噂するほど知られていないというのが実情だった。

——確かに少し変わっている……かも？

勝手に侵入したティアリスを咎めないどころか、庭を見て回っても気にせず本を読みふけっているのだから。

——でも、嫌な方ではないわ。私が名乗っても、顔を顰めたり、嘲るように見返したりしなかったもの。

ロニオンでは屋敷を一歩出れば冷たい視線と嘲笑《ちょうしょう》がいつもティアリスに向けられていた。ブラーゼンに来ても同じだ。ティアリスの姿を見て侍女たちが顔を顰めながらひそひそと話をしている場面に出くわしたことがある。トーラが言いふらしているのか、他国の王女に仕える侍女ですら、ティアリスが庶民の母を持つ王女で、やっかい払いのようにブラーゼンに送り込まれたことを知っているようだった。ティアリスが自室からあまり出たがらないのはそのせいもあった。

「ロニオンの王女」の境遇がセヴィオスの耳には届いていないからだとしても、普通に接してくれる人間は久しぶりだ。そのせいだろうか、あまり気づまりは感じなかった。

セヴィオスのことを意識しながらも、ティアリスは花壇の周りをぐるりと回る。ロニオンにはない花が多く、大部分は見たことがない品種だった。その中でも花弁は大きくないものの、心を惹かれるピンク色の花があった。

「……綺麗……」

ちょうど花が咲く時期なのか、花壇の手前側でたくさんの蕾《つぼみ》をつけている。足を止めて、そっと花弁に触れてみると、中に蓄《たくわ》えてあった朝露《あさつゆ》が爪先を濡らした。

――この花は何という名前なのかしら？

「それはミルザの花だ」

口に出したわけではないのに、疑問が聞こえたかのように突然セヴィオスが言った。

びっくりして振り返ると、本を手にしながらもセヴィオスの視線はティアリスに向けられていた。声をかけられたことにドキドキしながら聞き返す。

「ミ、ミルザの花、ですか？　初めて見ました」

「ブラーゼンでも南の地域によく咲いている花だ。母が故郷を恋しがって昔植えたもので、野草に近い。繁殖《はんしょく》力が強くて手入れをしなくても勝手に増えていく。気に入ったのならいくらでも摘んでかまわないよ」

「あ、ありがとうございます。でも、摘み取ってしまうとすぐに枯れてしまうので……」

それにもし花をトーラに見られたら、どこから摘んだものかと不審に思われてしまうだろう。

「そうか、それもそうだね」

セヴィオスは納得したように頷くと、話は終わりとばかりに本に視線を戻してしまった。

それきりこちらを見ようとはしない。ティアリスも花壇の方に向き直り、ミルザの花を見つめていたが、そろそろ戻らないといけないと思い、セヴィオスを振り返る。その時、屋敷の方から誰かがこちらに向かって歩いて来るのに気づいた。

やって来るのは若い男性だった。歳は二十前後だろうか。背は高く、金にほんの少しだけ茶色を混ぜたような薄茶色の髪を背中でゆるく括っている。その地味な服装からして使用人のようだ。

勝手に庭に侵入したことを、セヴィオスは咎めなかった。しかしやってくる男性が怒らない保証はない。いや、むしろ咎めるのが普通だ。断罪を待つような気持ちで立ち尽くしていると、男性はティアリスには目もくれず、セヴィオスの方に近づいて声をかけた。

「殿下。ナダの王女殿下が殿下に会いにいらっしゃっております」

その言葉にティアリスは目を丸くする。面識はないがナダの王女も人質として後宮に暮らしているうちの一人だ。ブラーゼンの同盟国の中でも一、二を争う大きな国の第一王女で、後宮内でも羽振りをきかせている女性だった。

「僕は忙しい。断ってくれ」

セヴィオスは本から顔を上げ、そっけない口調で返す。おそらくその答えを予想していたのだろう、男性はにっこりと笑って頷いた。

「はい、ではそのようにお伝えします。ところで――」

男性はそこで初めてティアリスに視線を向けて尋ねた。

「そちらのお嬢様はどなたでしょうか？」

探るような黒茶色の目がじっとティアリスを見つめる。その視線が思いのほか鋭くて、ティアリスはビクンと震えた。

「ロニオンの王女だ」

立ち上がりながらそう答えたのは、セヴィオスだった。男性は軽く眉をあげる。

「ロニオンの姫君、ですか？」

「後宮に接しているあの壁に、向こう側に通じる穴が開いているんだ。彼女は壁のこちらに何があるか見たくて穴を通って来たらしい」

低木に隠された壁の穴を指さしてセヴィオスが説明する。男性はセヴィオスが指さす方に歩いていき、低木の後ろを覗き込んだ。

「本当に穴が開いていますね。この屋敷には長くいますが、この穴の存在にはまったく気づきませんでした」

「僕もだ。母が亡くなるまでほとんどこの庭には出たことがなかったこともあるけれど、あの低木がうまく隠していたんだろうね」

「塞ぎますか？」

ティアリスは男性の言葉に少しだけ寂しさを覚えた。警備のことを考えたら塞ぐのが当然なのだが、穴がなくなってしまうことが妙に悲しかった。

——でも仕方ないわ。だってそれが当たり前だもの。穴が塞がれることなくそのまま放置されている今の状態がおかしいのだから。

そう思っていたので、セヴィオスが面倒くさそうにこう言った時は少なからず驚いた。

「別にそのままでかまわないよ。前から開いていたもののようだし、今さらだ。それに人を呼ぶのは煩《わずら》わしい」

「承知いたしました。それではこの穴はこのまま放置しておきましょう」

心得たように頷いたあと、男性はあっけに取られているティアリスに微笑を向けた。先ほどの探るような視線が嘘のように穏やかな眼差しだった。

「王女様。申し遅れました。私はヨルクと申します。セヴィオス殿下の乳兄弟で、今は従者として殿下に仕えております」

ティアリスは慌てて口を開く。

「わ、私はティアリス・ロニオンと申します。勝手に庭に入ってごめんなさい。すぐに出て行きますから」

「別に慌てる必要はないよ。こんな荒れた庭でよければ気のすむまで見ていけばいい」

セヴィオスの言葉にティアリスは首を横に振った。

「いいえ、部屋にトーラ……侍女が私の様子を見に来るかもしれませんので、もう戻らないといけません」

いくらトーラが怠惰でも、庭にいたはずのティアリスの姿がなくなれば警備の兵を呼んで捜させるだろう。ティアリスが怒られるだけならまだしも、そんなことになったら壁の穴のことが知れてしまう。それだけは避けないといけない。

ティアリスは姿勢を正すと、膝《ひざ》を折って深く頭を下げた。

「勝手に侵入してしまった私の無礼を許してくださるばかりか、お庭まで見せていただいて、本当にありがとうございました」

「穴を通って戻られるのですね。狭いようなので、頭をぶつけないようにお気をつけて」

「はい。お気遣いありがとうございます」

ヨルクの優しい口調に、少しだけ緊張のほぐれたティアリスは微笑を浮かべた。それから穴の開いた壁に向かって歩き出す。ところが低木で穴を通るためにしゃがみかけた時、急にセヴィオスが声をかけてきた。

「姫！　一つ聞くけど、その穴のことを知っているのは君だけ？　君に付いている侍女は知らないということ？」

「あ、は、はい。そうです。私だけしか知りません」

びっくりして振り返りながらもティアリスは答えた。確かに穴をこのまま放置するなら、その存在を知っている者がどれだけいるのか確認しないわけにはいかないだろう。

「ご安心ください。この穴のことは他言いたしません。神に誓って」

胸の前で手を組み、真剣な口調で誓うと、セヴィオスは了承したとばかりに頷き、そして驚くようなことを口にした。

「そう。では他言しないと誓う代わりに、気が向いた時にはいつでもその穴を通ってこちらに来ることを許可しよう」

「殿下!?」

驚いたのはティアリスだけではないらしい。セヴィオスの横ではヨルクが仰天したように彼を見下ろしていた。

「あ、あの……でも……」

冒険をするのは一回だけだと決めていた。穴がそのままだと知っても、ティアリスは二度とそれを使うまいと思っていたのだ。だから通ってもいいと許可をもらっても、嬉しいと思うより戸惑いの方が勝っていた。

うろたえているティアリスにセヴィオスは念を押すように言う。

「ただし、この庭の中だけだよ。この屋敷の者はともかく、他の者たちに見つかるといけないから。いいね？」

「は、はい」

思わずコクンと頷いてしまってから、ティアリスは頬を赤らめた。これではまるで、ここに来るのを承知してしまったようではないか。そんなつもりではなかったのに。

ティアリスはセヴィオスをちらりと窺う。その視線を受け止めて彼は小さく笑った。それはティアリスが知る限り彼が浮かべた初めての笑みだった。

——来てもいいの？　迷惑ではないの？

問いかけるように見ても、セヴィオスからは微笑みが返ってくるだけで、彼の気持ちをそれ以上窺うことはできなかった。

「気をつけてお帰り」

「は、はい。では、失礼します」

ぎくしゃくと頷いてからティアリスはしゃがみこみ、低木の後ろに隠れた小さな穴に身を滑り込ませる。その間もずっと頭の中ではセヴィオスの言葉が渦巻いていた。

――また来てもいいって、言ってくださった。

もちろん、単なる社交辞令かもしれないし、本気だったとしてもその言葉に甘えてしまうわけにはいかないとも思う。

――でも……。

自分の庭に戻り、トーラが戻ってきていないのを確認して安堵すると、改めて今通ってきたばかりの場所を見つめた。

社交辞令だとしても「来てもいい」と居場所を与えてもらえたのはこの国に来て初めてのことだった。

セヴィオスの屋敷の庭と自分の庭を隔《へだ》てている高い壁を見上げながら、ティアリスの胸には、ブラーゼン行きを命じられたあの誕生日以来、初めて温かいものが灯っていた。

＊＊＊

ティアリスの姿が壁の向こうに消えるのを見届けたあと、ヨルクは頭一つ分背の低いセヴィオスを見下ろして言った。

「他人に無関心の殿下が珍しいですね。そんなにあの少女が気に入りましたか？」

からかうような口調にセヴィオスは眉を寄せて答える。

「そんなんじゃないさ。ただ……」

ふと言葉を切って、セヴィオスはミルザの花の方に視線を向ける。そこは先ほどティアリスが立ち止まって花を眺めていた場所だった。

「ただ、他の女と違って煩わしくなかった。それが珍しくてね」

「おや、それはそれは」

ヨルクが興味を引かれたように眉を上げる。

ティアリスが庭を眺めている間、セヴィオスはわざと彼女の存在を無視して本を読んでいた。それは自分に近づこうとする女性相手にセヴィオスがよく使う手だった。こうすると、たいていの女性は存在を無視されることに我慢できず「自分をかまえ」と言いだす。セヴィオスに声をかけてくるのは、周囲にちやほやされることに慣れていて、男性は自分の魅力にあらがえないと考えている貴族子女ばかりだ。だから、ひたすら無視していると、勝手に怒っていなくなってくれる。

セヴィオスはティアリスが現れた時も同じことをして試した。もし彼女が他の女のように煩わしかったら、すぐに庭から叩き出して壁の穴を塞いでしまうつもりだった。「庭を見たい」という言い訳も彼はまったく信じていなかったのだ。最初は。

けれどティアリスはセヴィオスに無視されても、声をかけてくる様子はなかった。彼の存在を気にしつつも距離を保ち、花壇の花ばかりを見ていた。それでつい放置しているのを忘れて声をかけてしまったのだ。彼女がミルザの花にじっと見入っていたから。

「庭を見たいという言葉に偽りはなかったみたいだ。声をかけても僕に決して近づこうとはしなかった」

「殿下に興味があって近づいたわけではないということですね。ナダの王女のように」

とたんにセヴィオスが渋い顔をする。彼がこれだけ感情を露《あら》わにするのは珍しかった。それだけ自分に興味本位で近づいてくる女性が煩わしいのだろう。

人質としてブラーゼンにやってきた王女たちは後宮という隔離された場所にいるものの、ある程度の自由は保障されている。許可が取れれば一時的だが後宮の外にも行ける。ナダの王女はその許可を得て積極的に王族や重臣たちに会いに行っているという話だった。

おそらく、誰に取り入れば一番自国の得になるのか見極めようとしているのだろう。異母兄全員と親密な仲になったというのに、王太子になる可能性の低い「忘れられた王子」にまで手を伸ばそうとしている。手なずければ、何かに利用できると考えたのかもしれない。

そう考える女性は何もナダの王女だけではなかった。おかげで静かだった生活がこの数か月の間で乱されることが多くなっていた。

——本当に、煩わしい。

そして、そんな貪欲《どんよく》な王女たちを利用しているのは異母兄たちも同じで、それもまたセヴィオスにとっては煩わしいことだった。

「ハイエナみたいな連中とティアリス姫はまるで違う。あの子は僕に何も求めていない」

だからこそ、ここへ来る許可も出したのだ。本来ならば人質の王女たちには近づかないし、近づけさせないつもりだったにもかかわらず。だから、そのことをよく知るヨルクが、セヴィオスがティアリスに出した許可に驚いたのは無理もない。

「まだ子どもなのに、とても大人びていましたね」

ヨルクはティアリスの言動を思い出しながら、感慨深げに呟く。おどおどしていたが、言葉も態度もきちんとしていて、とても年相応には見えなかった。

「ロニオンの王女は庶子出で、やっかい払いのようにブラーゼンに送り込まれてきたという話です。きっと祖国でも苦労していたのでしょう。大人びているのはそのせいかもしれません」

「……」

ピクンとセヴィオスの眉が上がったのを、ヨルクは見逃さなかった。主人の興味を引いたことに大いに満足しながら続ける。

「でも残念ですね。子どもとはいえ、珍しく殿下を煩わせない女性が現れたのに、ロニオンのような弱小国では殿下の得にはなりませんから」

「得にも毒にもならないからこそ、ティアリス姫に庭に来てもいいという許可を出したんだよ。僕は父上の遊戯《あそび》に付き合う気はない」

セヴィオスは口を引き結んで、不機嫌そうに言った。

ブラーゼン神聖王国の聖王は野心家で争いごとを何よりも好む性格だった。彼が王太子を定めないのも、次期聖王の座を巡って異母兄弟が争うのを楽しんでいるからだ。王妃を定めないのも同じ理由で、自分を巡って側室たちが醜い争いをするのを見るためだった。そんな父王が、寵愛を巡って争うこともしなかった母と、王太子の座に興味を持たないセヴィオスを「用無し」だと見なすのも当然だろう。

今、父王の新しい遊び道具は人質として各国から集めた王女たちだ。彼は自分の息子たちを集めてこう言った。

『ブラーゼンにとってもっとも有益な王女を得た者こそ王太子にふさわしい。そう思わぬか？』と。

より多くの王女の支持を得た者が王太子になれる。そう考えた異母兄たちは競うようにして、とりわけ大きな国、豊かな国の王女と縁を結ぼうと後宮に通っている。王女たちも、より有力な王子に自分を売り込もうと必死だ。そのせいで後宮ではかなり醜い争いも、水面下で起きていると聞く。

その様子を見て父王は悦《えつ》に入っているだろう。まさに彼の望むとおりの状況になっているのだから。

もっとも、父王が同盟国に王女を差し出させたのは、息子たちが争う姿を見たいがためだけではない。領土拡大の布石として、各国の王族の血筋を手中にするためでもあった。王子ではなく、人質としては価値の劣る王女を差し出させたのはその思惑があるからだ。

王女に子どもを産ませれば、子どもを通じて他国の王位継承に口を挟むこともできるし、兵を送る口実もつくれる。王子たちを焚き付けているのは、そういう理由もあった。

「もうこの国は十分に大きいのにね。これ以上領土を広げても、肥大した国はやがて分裂して崩壊するだろう。歴史がそれを証明している。過去いずれの強国も、領土拡大の末、それを維持することができずに滅びている。ブラーゼンも早々にそうなるだろうね」

そう語るセヴィオスの口調は淡々としていた。国の行く末を憂慮しているわけではない。彼はただ単に事実を語っているだけだった。

「母親や周囲に言われるまま目先のことで争っているだけの異母兄《あにうえ》たちに、巨大な領土を管理する能力はなさそうだ。調子にのって拡大路線を続けているうちはいいだろうけど、一度失敗すれば総崩れになるのは目に見えている」

「……それが分かっていらっしゃる殿下が聖王の座につけば、この国にとって一番よいのでは？」

ヨルクの声が低くなる。まるで唆《そそのか》すような口調だった。けれどセヴィオスは興味なさそうに一蹴《いっしゅう》する。

「聖王の座なんて煩わしいだけだ。僕はブラーゼンが異母兄たちの代で滅びてもかまわないよ。それもまた歴史の流れだ」

そっけなく言うと、セヴィオスは屋敷に向かって歩き始める。その背中を見つめてヨルクはそっとため息をついた。

「殿下ほど王にふさわしい才覚を持っている王子はいないのに。あなたをその気にさせるにはどうしたらいいんでしょうね……」

そこまで呟いて、ふと何かを思いついたようにヨルクは顔をあげて振り返った。彼の視線の先にあるのは、後宮に面している高い壁だった。

「……あの姫なら、あるいは——」

その呟きの先は、庭を吹き渡る風の音に紛れて消えていった。

第2章　辛い過去

　穴を通って庭を見てもかまわないという許可をもらったはいいが、ティアリスが次に穴を通るまでにはしばらくの日数を要した。

　――行ってもいいのかしら？　迷惑にならないかしら？

　そんなことをぐずぐずと考えて、なかなか行動に移せなかったからだ。けれど勇気を出して穴をくぐりぬけた時、やはり庭に座って本を読んでいたセヴィオスが顔をあげて「いらっしゃい」と迎えてくれたことが、ティアリスの背中を押してくれた。

　それから、二、三日置きにティアリスは穴を通ってセヴィオスの庭に通っている。

　自分でも図々しいと思う。けれど、侮るようなトーラの態度に心が沈んだ時や、亡くなった母親と乳母のパムが恋しい時、彼女には心を慰める場所がどうしても必要だった。

　セヴィオスの庭はティアリスをいつでも静かに迎えて受け入れてくれる。色とりどりの珍しい花や、その花の蜜を求めて飛び交う蝶や蜂。うら寂しいティアリスの庭と比べて、ここには命が溢れている。それを見ているだけで心が慰められた。

とはいうものの、ティアリスなりに一線は守っている。セヴィオスもヨルクもいつ来てもかまわないと言ってくれるが、穴を通るのは向こうにセヴィオスがいる時だけと心に決めていた。主がいない間に勝手に入り込む気にはなれなかった。

庭に行っても、セヴィオスの読書の邪魔はしないこと。これもティアリスが頑《かたく》なに守っていることだった。声をかけられない限りはティアリスから近づくことはなかった。

「本当に君は、僕に何も求めないんだね……」

セヴィオスがいつだったかそう言って苦笑した。思いもよらないことを言われて、ティアリスはびっくりしたものだ。庭に入ってもいいと言ってもらえただけでティアリスにとっては十分で、それ以上求めるなど考えもしていなかった。

「君がそういうタイプだと分かってはいたけれど、調子が狂うね……」

彼も、ティアリスとの距離を測りかねているようだった。たまに声はかけるけれど、積極的にではないし、個人的なことは互いに口にしない。一定の距離を保っているのはセヴィオスの方も同じらしい。

そんな二人の橋渡しをするのはヨルクの役目だった。ヨルクはティアリスが来ると、二人分のお茶を手に庭に現れて、テーブルを用意し、二人に座るよう促す。もちろんティアリスは遠慮するのだが、ヨルクは「殿下のお茶のついでですから」と言って、強引に席に着かせるのだ。柔和な物腰で人当たりもよいが、ヨルクは意外にも押しが強かった。

同じテーブルについてもティアリスとセヴィオスの間に多くの会話はない。それでも何度も顔を合わせるうちに何となく分かることもある。

セヴィオスは大国の第四王子でありながら、あまり重要視されず、隅に追いやられているようだ。手入れの滞った庭や、小さな屋敷、めったに人が訪れない様子からそれが知れる。第一王子たちの屋敷は宮殿の中でも規模が大きく、彼らに近づこうとする貴族たちがひっきりなしに訪れていつも賑やかだという話だが、セヴィオスの屋敷はいつ来ても静かだった。

ただ、それをセヴィオス本人はまったく苦にしていないらしい。異母兄たちの争いも、自分への待遇も、第四王子という身分さえも、まるで関係なく思っているようだった。

その一方で、セヴィオスもヨルクも驚くほど博識《はくしき》だった。周辺諸国の情勢、諸外国の気候や風土にまで精通《せいつう》している。

「本から得た知識ばかりだよ」

なんでもないことのようにセヴィオスは肩を竦めるが、外交の職についているわけではない彼が、諸外国の情勢にそこまで詳しいのは驚くべきことだとティアリスは思う。

反対に、ティアリスは自分が無知であることを恥じるようになった。何しろ王女のティアリスよりも、セヴィオスの方がロニオンのことについて詳しいのだ。

「ロニオンの特産物はフメール鉱石だけど、年々発掘量が減っているらしいね。遠くない将来、採りすぎて枯渇《こかつ》すると言われている。王は新しい鉱脈を見つけようと躍起《やっき》になっているらしいが、そう簡単に見つかるものでもないだろう」

フメール鉱石というのはロニオンで採れる貴重な鉱石だ。これといった産業もないロニオンの唯一の特産品で、諸外国に輸出している。ティアリスはフメール鉱石のことはもちろん知っていたが、その発掘量が減っていることはまったく知らなかった。

「私、本当に何も知らないのですね……」

ブラーゼン行きが決まるまで、満足な教育を受けさせてもらえなかったせいもあるが、それでも王女として何も知らないでは許されない。子どもであることは何の言い訳にもならない。ティアリスとたった四歳しか離れていない、まだ少年とも言えるセヴィオスも、こんなに色々なことを知っているのだから。

――トーラや他の王女たちが私をバカにするのも当然だわ。私は何も知らない。知っていて当然のことを、何も……。

「ティアリス様、焦ることはありません」

自分を恥じて目を伏せるティアリスに、ヨルクは優しく言った。セヴィオスも頷いて、ややそっけない口調で続けた。

「知ろうとしないことが恥なのであって、教えてもらってないこと、知らないことを恥だと思わなくていいんだ」

「知ろうとしないことが、恥……」

ティアリスは復唱し、これからは勉強しようと心に決めた。誰かが教えてくれるのを待っているのではだめだ。自分から動かないと。

幸い、後宮にも小さいながら図書館がある。時間だけはたっぷりあるのだから、興味のあることから始めて少しでも多くの知識を身につけよう。王女として恥ずかしくないように、セヴィオスたちに呆れられないように。そうティアリスは決意する。

やりたいこと、やらなければならないことができると生活にも張りが出るものだ。ティアリスはたびたび図書館に通うようになった。トーラに頼んでも借りてきてはくれないと思ったし、自分の目で見て読む本を決めたかったからだ。

ただ図書館に行くためには部屋を出なければならなくなる。また何か陰で言われるに違いない。そう思ったけれど、不思議と前ほど他人の目が気にならなくなっていた。

それらはとても小さなことだったけれど、ティアリスは自分の中で何かが少しずつ変わっていくのを感じていた。


「姫はロニオンのことが知りたいんだよね？　ならばこの本をあげるよ」

ある日、穴を通って向こうの庭に行ったティアリスに、セヴィオスは一冊の本を差し出した。「北方の国々と自然」というタイトルの本だった。

「アザルス地方中心に書かれた本だけど、ロニオンのことにも言及している。一冊くらいなら持ち帰っても、どこかに隠しておけるだろう？」

「え？　いいんですか？」

北方の国のことについて書かれている本はあまり多くはない。ましてや後宮の図書館ではほとんど見つからず、ティアリスは祖国について知ることをなかば諦めかけていたのだ。

「かまわないから持って帰るといい。僕はもう内容を全部覚えてしまったから。このまま倉庫にしまわれるより、姫が読んでくれた方が本も喜ぶだろう」

手渡された本をティアリスはじっと見つめる。美しい装丁の本だった。ティアリスはこれが母親とパム以外の人から受け取る初めての贈り物であることに気づいて胸が温かくなった。嬉しくて本をぎゅっと両手で胸に抱きしめる。

「ありがとうございます、殿下。大事にします。絶対に」

知らず知らずのうちにティアリスの顔には笑みが浮かんでいた。大人びた表情は一転し、明るく華やかで、そしてどこかあどけなさを残す笑顔だった。

それを見たセヴィオスは目を見張り、思わず口にする。

「姫の笑った顔……初めて見た。いつもそうしていればいいのに」

「え？　笑顔？」

ティアリスは不思議そうに手で頬に触れた。そして自分が笑みを浮かべていることに気づき、目を瞬かせる。

「私……笑えたのですね」

ティアリスの言葉にセヴィオスは衝を突かれたようだった。

「姫？」

「笑い方なんてすっかり忘れていたと思っていました」

　儀礼的な笑みなら浮かべられる。微笑むこともできる。とても簡単だ。口の両端をあげればいいのだから。けれど、ブラーゼンに来てから、ティアリスは今日まで一度も心から笑ったことはなかった。

「人質として送られてきたから？」

　ティアリスはその言葉に首を横に振った。

「いいえ。もっと前から……ロニオンにいた頃からです」

　母親を亡くしてからティアリスはあまり笑わなくなった。それでもようやく少しずつ笑顔を取り戻してきていた矢先、ブラーゼンにファランティーヌの身代わりとして送られることになり、笑顔どころではなくなってしまった。

「再び笑える日がくるなんて思わなかったのです。ありがとうございます、殿下」

　セヴィオスを見、そして次に本に視線を落としてティアリスは笑った。明るい笑みが再び彼女の顔を彩《いろど》る。

　セヴィオスの手が無意識にティアリスにのびていた。けれど、彼女の髪に触れる寸前、その手は下ろされてしまう。ティアリスは本に視線を向けていたため、セヴィオスの動きに気づくことはなかった。

「別にお礼を言われるほどのことでは……」

寸前の自分の行動をごまかすように口を開いたセヴィオスは、ふと言葉を切る。本を抱えているティアリスの右腕の袖《そで》から赤い火傷《やけど》の痕《あと》のようなものが覗いているのが目に入ったからだ。

「殿下？」

急に黙り込んでしまったセヴィオスを不思議に思ったのだろう。ティアリスが顔をあげる。セヴィオスはとっさに火傷の痕からスッと視線を逸《そ》らしながら言った。

「いや、自分に必要のないものを君に押しつけただけだから、礼など必要ないさ」

言いながらセヴィオスの脳裏には白い肌に斜めに走る赤い火傷の残像が焼き付いて離れなかった。

いつもより足取りも軽く帰っていくティアリスを見送り、セヴィオスは自分の掌に視線を落とした。その手は先ほど思わずティアリスに触れようとしていた右手だった。次に彼はその手を裏返し、今度は腕をじっと見つめる。ちょうどティアリスの火傷のあったところと同じ場所だ。ヨルクが呼びにやってくるまでセヴィオスは自分の腕をじっと見つめていた。

「殿下、そろそろ教師《せんせい》がいらっしゃる時間です。……殿下？」

セヴィオスは手を下ろすと、ヨルクに向き直った。

「ヨルク。ロニオンに人をやって姫のことを調べてくれ」

唐突な言葉にヨルクは一瞬だけ目を見張り、それから妙に訳知り顔で微笑んだ。

「ティアリス姫が気になるのですね」

「……姫の腕に火傷の痕があった。普段はドレスの袖に隠れてギリギリ見えない箇所だ」

言いながら、セヴィオスは自分の右腕を肘から手首にかけて指ですっと斜めになぞる。それはティアリスの火傷のあった場所を正確に再現していた。それを見てヨルクが微笑を消す。

「棒状のもの……たぶん火かき棒だろう」

「自分が使っている時にうっかり触れてしまった……わけはありませんよね。ティアリス様の利き手は右ですから」

「ああ。手を滑らせたとしても、あんな角度で痕はつかない」

つまり誰かが彼女に火かき棒を振るったということになる。あんなに大人しく、今にも消えてしまいそうな子どもに。

「姫がロニオンでどんな生活を送っていたか、あの傷は誰がつけたのかも調べて欲しい」

自分でも不思議だと思うが、セヴィオスはティアリスのことを知りたくなっていた。人に何も望まず何も求めない彼女を形作ったものが何なのかを。あの笑顔を曇らせている理由も。すべてが知りたかった。

ヨルクは頷いた。

「すでにロニオンに人を派遣してティアリス様のことを調べさせておりますが、そのことも追加で調べさせましょう」

目を見開くセヴィオスにヨルクはふっと笑って付け加えた。

「私が殿下に近づく女性を調べないわけがないでしょう？」

「そうだったな……」

ふぅと息を吐くと、セヴィオスは頷く。

いずれセヴィオス殿下が聖王になった時のためにと、ヨルクは柔和な顔立ちと人当たりのよさで、あらゆる部署に人脈を持っている。セヴィオス自身は聖王になどなる気はまるでないが、引きこもりの身で国内情勢や海外情勢に精通しているのはヨルクのこの情報力のおかげだった。

「報告がきたらすぐに知らせてくれ。頼んだよ、ヨルク」

「御意」

セヴィオスは壁にしばらくの間視線を向けたあと、振り切るように屋敷に向かって歩き出した。

＊＊＊

本の礼はいらないとセヴィオスに言われたが、ティアリスはどうしても何かお返しをあげたくて、さんざん考えた結果、刺繍《ししゅう》道具を手に取った。少しだけパムに刺繍を習っていたこともあって、道具一式持ってきたのが意外なところで役に立った形だ。

真っ白なハンカチーフにぎこちない手で刺繍を刺していく。難しい絵柄は無理だったので、イニシャルと、それを取り囲むように簡単な草模様をあしらったデザインにした。これなら初心者のティアリスでも何とか刺繍できそうに思えた。

庭仕事を中断し、空いている時間はもらった本を読むことと刺繍に費やす。最初はやり直しばかりでなかなか進まなかったが、次第に慣れてきて、十日後には何とか見られるものが出来上がっていた。あとはこれを渡すだけだ。

けれどこれが一番ティアリスにとっては難しいことだった。

ティアリスはハンカチーフの皺を火熨斗《ひのし》で綺麗に伸ばし、ドレスの内側に吊したポケットに入れ、セヴィオスの庭に向かった。セヴィオスはいつものように木の下に腰を下ろして本を読んでいたが、ティアリスは一目見て彼の機嫌が悪いことを感じ取っていた。

彼が何か言ったわけではない。ティアリスへの態度はいつもと変わらなかったが、雰囲気やしぐさで、セヴィオスが何かに気分を害している気がしたのだ。

――今日渡すのはやめた方がいいかしら……。

そう思いながら、つい決まりを忘れてティアリスはセヴィオスに近づき、自分から話しかけてしまった。

「あの、殿下？　どうかなさったのですか？」

セヴィオスはティアリスから話しかけられたことに驚いたようで、ぱちぱちと目を瞬かせたが、本を膝に置いて自嘲《じちょう》する。

「イラついているのが君に分かってしまうとは、僕もまだまだかな」

「殿下?」

「ああ、いや。大したことじゃないんだ。午前中、父上に呼ばれて主居館《しゅきょかん》に行ったら、ばったりナダの王女と出くわしてしまってね」

「まぁ……」

第一王子から第三王子まで関係を結んだと豪語《ごうご》するナダの王女は、残った最後の第四王子であるセヴィオスにも執拗《しつよう》に会おうとしていた。セヴィオスはなるべく彼女を避けるようにしていたのだが、とうとう顔を合わせてしまったらしい。

セヴィオスは肩を竦める。

「王女の言うことはほとんど無視したけれど、あまりに『お可哀想に』を連発するものだから、気分が悪くなってね。その言葉はあまり好きじゃない。『可哀想』という言葉は相手より自分の立場が上だと思っているからこそ出る言葉だ。そんな相手に言われる憐《あわ》れみの言葉には何の意味もない」

「……そう、ですね」

ティアリスは思わずセヴィオスの前に跪《ひざまず》き、大きく頷いていた。

「私も、可哀想と言われても、余計に辛くなるだけでした」

――『お可哀想に』。その言葉は何度も聞いた。何度も向けられた。ロニオンで。ブラーゼンでも。

冷たいロニオンの城でも、ティアリス母娘を蔑むばかりではなく、同情の言葉を発する者もいたのだ。けれど、ティアリスは蔑みの言葉をかけられるより、可哀想にと言われる方が辛かった。自分の方がマシだと優越感が見え隠れしていたからだ。

可哀想と言えるのは自分に余裕があり、絶対的な上の立場だからこそ口にできる言葉だ。だからティアリスは「可哀想に」という言葉が好きではなかった。

可哀想にと言った人たちが、ティアリスと母親に一体何をしてくれたと言うのだろう？母親が流行り病に倒れて、ティアリスが必死になってお願いしても、誰も助けてくれなかった。誰一人として手を差し伸べてくれなかった。

じっとティアリスを見つめ、納得したようにセヴィオスが頷く。

「君の周囲にも軽々しく『可哀想』を連発する偽善的な連中が多かったんだね」

「……はい」

偽善。その通りだ。彼らは哀れな相手に同情してみせることで、周囲の人間に自分を慈悲深いと思わせたがっているだけだ。

――可哀想なんて言葉には、何の意味もない。

誰よりもティアリスはそのことを知っていた。

「……ねぇ、姫、この傷もそんな奴らにやられたの？」

不意にセヴィオスがティアリスの右腕を取り、普段はドレスの袖に隠れている火傷の痕に触れた。

「あ……」

「これ、火傷の痕だよね？　誰にやられたの？」

「これは、その……」

彼はいつの間にこの傷のことを知ったのだろう？

ティアリスはうろたえ、思わずセヴィオスの手から腕を引き抜いて、その赤い痕を袖で隠した。

「この傷は……その、うっかり火かき棒を取り落としてしまって……」

「自分で？　利き腕にそんなふうに？　器用だね」

セヴィオスは眉を上げる。彼自身、まったくそれを信じていない口調だった。ティアリスは恥じるように目を伏せ、ドレスの上から火傷のある箇所に触れた。

痛みはもうない。火傷の痕も何年かすれば薄れてほとんど目立たなくなるだろう。けれど火傷を負った時の痛みと熱さと惨《みじ》めさをいまだにティアリスは覚えていた。

『なあに、その目は。生意気な子ね』

美しい顔に浮かぶ侮蔑《ぶべつ》の目と苛虐《かぎゃく》に満ちた笑みと共に振りおろされる、先端が赤黒く燃えたぎった棒――。

思い出してしまい、ティアリスの身体に大きな震えが走った。セヴィオスは、俯《うつむ》き震えているティアリスを見て、ふぅっと大きくため息をつく。

「言いたくない？」

「……はい……」

ティアリスは小さく頷いた。聡明なセヴィオスにはこれが折檻《せっかん》の痕だとすぐに分かってしまったのだろう。けれどティアリスは言いたくなかった。惨めな自分を知られ、彼に哀れだと思われたくなかった。

「……同情も哀れみも、やっかいなものだね」

自分に言い聞かせるようにセヴィオスは呟くと、手を伸ばしてティアリスの頭に触れる。その感触に驚いて顔をあげると、セヴィオスは何とも言いがたい表情でティアリスを見おろしていた。

「ねぇ、姫。哀れまれることなら、たぶん、僕は一番よく知っている」

「え？」

「僕は自分が可哀想だ、不幸だとは思っていないけれどね。でも、ナダの王女に言わせれば、生まれてきたことを母親から恨まれながら育って、父王にも冷遇されている僕は『なんて気の毒でお可哀想な王子』らしいよ」

「母親から恨まれ……？」

ティアリスは目を見開く。ああ、とセヴィオスの顔に苦笑が浮かぶ。

「君は聞いたことがなかったんだね。一部では有名な話だ。母が僕を恨んでいたこと。僕が生まれてきたことを呪っていたことは」

「……なぜ……？」

母子で肩を寄せ合って生きてきたティアリスにとって、母親から恨まれ、生まれてきたことを呪われるなど、考えるだけでも辛いことだった。

「僕が母上の幸せを奪った相手の息子で、僕が生まれてきたから母上はこの宮殿から逃れることができなくなったから……かな」

息を呑むティアリスをよそに、セヴィオスは淡々と説明する。

「母上には他に好いた男――婚約者がいたんだ。ところが父上に見初められたことで、何もかもが変わってしまった」

セヴィオスの母親はブラーゼン神聖王国の地方に領地を持つ男爵家の娘だった。美しいが純朴な彼女は隣り合わせの領地を持つ子爵家の嫡男と恋仲になり、婚約をした。そのまいけば、彼女は一地方の子爵夫人として愛する夫と幸せな結婚生活を送れただろう。

ところが、結婚する直前、父親と共に王都に向かった彼女は不幸にも聖王に見初められてしまう。

「父上が母上を見初めて強引に側室にしたのは、美しさに惹かれたこともあったかもしれないけれど、一番の原因は父上に靡《なび》かなかったからだと思う。母上は父上の求婚を断ったし、抵抗もした。けれど、父上は抵抗する者をねじ伏せるのが好きという困った性癖があってね。ますます母上に固執したんだ」

いくら抵抗しても地方の貴族に過ぎない男爵家が聖王の申し出を断れるはずもなく、彼女は泣く泣く婚約者と別れて聖王の側室になった。そしてセヴィオスを身ごもったが、彼が生まれる頃には聖王の気持ちは母親からは離れていたという。

「母上は放置された。母上が父上の愛情に依存せず、他の側室との争いにも加わらなかったからだろう。でも強引に側室にされたあげく、用無しとされた母上にはたまったものではなかった。実家に帰りたくても、聖王のもとを離れることは許されなかった。四番目とはいえ、王子を産んだからね。憎い男に縛りつけられたまま、宮殿内の小さな屋敷に一生閉じ込められることになった母上の怒りや憎しみが、息子の僕に向かうのは当然だ」

自分のことなのにまるで他人事のような冷めた口調でセヴィオスは続ける。

「母上は暴力こそ振るわなかったけれど、よく僕に向かって泣き叫んでいたよ。『あなたが生まれなければ、私はあの方のもとへ帰れたのに！　あなたさえ生まれなければ！』と。母上の元婚約者は縁談が壊れたとたん、さっさと別の令嬢に乗り換えて結婚していたけれどね。でも……それもまた母上にとっては耐えがたいことだったようだ」

彼女はすべての不幸の原因をセヴィオスに押しつけた。幼い子どもにとってはたまったものではなかっただろう。愛情を受けるはずの相手から拒絶され、顔を見れば罵倒《ばとう》をされていたのだから。

「そんな環境で育った僕はどうやら『お可哀想』な王子らしい。でもね、僕は自分でそれほど不幸だと思っていない。男爵家からついてきた使用人たちが育ててくれたし、罵倒されて辛いと感じることもなかった。僕にとって母上はあまりに遠すぎて、親だという意識はないんだ。それは父上に対しても同じで――姫？」

セヴィオスはティアリスの方を見て言葉を切る。ティアリスの青い大きな目からは大粒の涙がとめどなく溢れていた。

「姫？　どうして泣いているの？　それは同情の涙？　まさか、君まで僕を『お可哀想に』とか思っているのかな？」

尋ねながらもセヴィオスはティアリスの頬に触れて、手の甲で涙をぬぐう。けれど、ティアリスの目からは次から次へと涙が溢れて止まることはなかった。

「同情は嫌いなんだけど？」

「……違い、ます」

ティアリスはふるふると首を横に振った。胸が詰まってうまく声が出なかったが、かろうじて何とか言葉を紡ぐ。

「同情ではないんです。ごめんなさい。私の母のことを、思い出して」

「姫の母君？」

「……はい。私の母も、殿下のお母様と同じなのです」

話を聞きながらティアリスが考えていたのは、自分の母親のことだった。あまりにもセヴィオスの母親の話は、ティアリスの母親の話と似通っていたのだ。

「聞かせてくれないか？」

セヴィオスはティアリスの手を取る。その手の温かさに背中を押されるように、ティアリスは重い口を開いた。

「……はい。私の母は……かつて旅芸人の一座で歌姫をしていたところを父王に見初められ、無理やり側室にされたのです」

ティアリスの母親アリアはロニオンの孤児院出身だ。孤児院を出たあと苦労しながらも、人気の旅芸人一座の歌姫になった。一座と共に各国を回ったアリアは、ついにロニオンで凱旋《がいせん》公演を開くまでに大成した。ロニオン出身の歌姫の話は瞬く間に広がり、興味を抱いたロニオン王——つまりティアリスの父王が、王妃の誕生日パーティの余興として城に旅芸人一座を招いた。……それがすべての始まりだ。

大勢の前で生き生きと歌うアリアの美貌に魅せられた父王は、その場で彼女に妾となるように申し渡した。仰天したのは周囲やアリア本人だろう。アリアはもちろん身分を理由に断った。けれど、拒否された父王は旅芸人一座を捕らえて牢屋に入れ、彼らの命と引き換えに自分のもとへ来るようにとアリアを脅迫したのだ。

仲間を盾に取られ、アリアは承諾するしか他に道はなかった。父王もさすがに体裁が悪いと思ったのか、アリアを妾ではなく、側室——つまり正式な妻の一人として城に迎えた。

それに気持ちが収まらなかったのが王妃だ。自分の誕生日に目の前で夫が下賤の女を見初めたのだ。顔に泥を塗られ、いたくプライドを傷つけられた王妃はその憎しみをすべてアリアに向けた。アリアに非はなく、すべての責任も咎も父王にあったのは確かなのに、王妃はアリアが誘惑したのだと決めつけ、彼女が亡くなったあともその憎しみは消えることはなかった。

一方、父王はアリアの美しさに魅せられ、物珍しさから娶ったものの、自分にまったく媚びない彼女に早々に飽きていた。それだけではなく、熱に浮かされたようにアリアを求めたことを、恥だと思うようになっていた父王は彼女の存在を無視するようになっていた。

そのため、不本意に始まったアリアの城での生活はいっそう惨めなものになった。王を誘惑した下賤の女として、蔑みの対象になった。彼女の境遇に同情的な人間もいたが、ロニオンでも一、二を争う有力な貴族出身の王妃には誰も逆らうことはできず、アリアの名を出すことも憚《はばか》られるようになった。

元々王侯貴族にとって、芸を売る連中など庶民にも劣る下賤の身、という認識だ。加えてアリアは孤児院出身で出自の分からない人間だ。ティアリス母娘に城の者たちの目が厳しかったのも無理からぬことではあった。

アリアは旅芸人の一座の一員として各国を巡った経験から、こうなることは分かっていた。手に入れてしまえば王はすぐにアリアに飽きてしまうことも。だから彼女は待てばそのうち離婚して城を出られると考えていた。

けれど結局アリアは離婚できなかったし、城から出ることもできなかった。

「私のせいです。私が生まれたから、お母様は城を出ることができなかった……」

いくらアリアが庶民の出だろうと、お腹の中にいるのは王の血を引く子どもだ。王の子どもを、それがいらない子であっても、城の外へ出すことは許されなかった。出て行くならアリア一人で、子どもは置いていけと告げられた。

そしてアリアはこの冷たい城の中に子どもを置いて一人出て行くことはできなかった。

「私が、いなければ……生まれなければ、お母様は自由になれたんです」

目から涙を溢れさせながらティアリスは言葉を振り絞る。ティアリスさえ生まれなければアリアは自由になり、旅芸人の一座に戻って歌姫を続けていたはずだ。小さな屋敷で周囲を憚りながら歌をティアリスに聞かせるのではなく、大勢の前で生き生きと歌っていられたはずなのだ。今でも、きっと。

あの城にいなければ、ティアリスの母親は死なずにすんだ。

「私さえ生まれず、城から出ていれば、あんな何日も高熱に苦しんで苦しんで、苦しみぬいたあげくに死なななくてすんだのです……」

母親が亡くなった時のことは、今思い出しても胸がかきむしられるほど辛くて苦しくなる。

きっかけは王妃が孤児院の訪問を嫌がり、その公務をアリアに押しつけたことだった。

『下賤の者のところへは同じ下賤の者が行けばいいのです』

王妃はそう言い、アリアに代わりに行くように言い渡した。過去にも同じことがあり、その時も今回も、アリアは喜んで代役を務めた。それは彼女にとって唯一城の外に出られる機会だったからだ。

『いい子でお留守番していてね、ティアリス。帰ってきたらお土産話を聞かせてあげるから』

そう言って笑顔で出かけて行ったアリア。おりしも王都では病が流行し始めており、貧しくて体力のない孤児院の子どもたちに感染するのも時間の問題だった。

アリアが孤児院を訪ねて一週間後、彼女は病に倒れた。訪れた孤児院でも先に病に倒れた子どもたちが何人もバタバタと亡くなっているという一報が届いた直後のことだった。

パムはすぐさま城に常駐する医者のもとへと走った。王都では何人も亡くなっている病だったが、早い段階で高価な薬を投与すれば大事には至らないことを知っていたからだ。この病で亡くなっているのは医者にかかるお金もない下層の者たちばかりだった。そして城には医者も薬もあった。だから何事もなければアリアはすぐさま薬で回復するはずだったのだ。けれど、病は城に勤める下級の使用人たちの間でも蔓延し始めており、城の医者たちはその対処に追われて、ティアリスの母親のもとへ来る余裕はなかった。薬も足りていなかった。

ならば王族専属医に診てもらおうとティアリスが頼みに行ったが、不在だった上に助手の女性に側室は王族ではないため診ることはできないと言われてしまったのだ。

仕方なしに今度は父王のもとへ向かい、医者を派遣してもらうように頼んだ。ティアリスが言ってだめでも、王の命令があれば医者は動いてくれるのではと考えたのだ。けれど父王は会ってくれず、追い返される日々が続いた。王妃のもとやファランティーヌのもとへも行った。叩き出されても、罵倒されても、諦めることはできず、また向かった。

ティアリスは必死だった。薬がなければ母親は死んでしまう。自分を唯一愛してくれる人を失ってしまうのだから。やがて、しつこさに音をあげたのか、父王が侍従を通して専属医が戻り次第向かわせると返事をくれた時は、涙を流して感謝さえした。これで母親は助かると思った。

……でも、いつまで経っても医者はやってこず、ようやく王族専属医が屋敷に来た時にはもう手遅れだった。薬は効かず、何日も高熱に浮かされ、痩せ衰えたアリアはもう意識もほとんどなかった。

それでも最期にアリアは目を開け、力の入らない手でティアリスの頬を撫《な》でながらこう言った。

『憎んではだめよ、ティアリス。心を凍らせないで。あなたにはいつも笑っていて欲しいの』

それが最期の言葉だった。その後すぐティアリスの母親は息を引き取った。最期まで娘の心配をしながら。

アリアが亡くなったことを知った父王は安堵し、王妃やファランティーヌはめでたいことだと喜んだという。ティアリスはそれを知って絶望した。死んで喜ばれるほど自分たち母娘は疎まれていたのかと。

パムと一緒に小さくなってしまったアリアの亡骸を庭の一角に埋めたが、父王は最後まで姿を見せることはなかった。

王族専属医が城を留守にしていたのは、王妃の命令で、流行り病に倒れた彼女の母親である侯爵夫人の治療のためだったと知ったのは、アリアを埋葬してすぐのことだった。王妃の母親である侯爵夫人は病から順調に回復しているとのことだった。城に勤める下級の使用人たちは何人かが手当ての甲斐なく亡くなってしまったが、医者たちの懸命な治療のおかげで大部分が助かったという。

亡くなったのはティアリスの母親とほんの数名だけ。それを聞いてもティアリスはもう涙も出なかった。

母親が亡くなるその日まで、ティアリスの胸にはほんの少しだけ希望があった。自分たちの存在を恥じている父王だが、いざというときは手を差し伸べてくれるのではないかと。必死に頼めば、誰か助けてくれるのではないかと。けれど、そんなささやかな希望もすべて打ち砕かれてしまった。

あの日以降、ティアリスは誰かに期待することをやめた。

誰も助けてはくれない。だから何も望まない。求めない。すべてを諦め、受け入れる。それがティアリスができる唯一のことだった。

「母君のお墓はロニオンの城の中にあるんだね」

「……はい。私たちのいた屋敷の庭に埋めました」

ティアリスは俯き、泣き叫びたくなるのをこらえるように唇を噛《か》みしめた。

王家の廟に埋葬されることも許されず、小さな庭に埋葬されたアリアは今もたった一人冷たい土の中で眠っている。

墓に行くたびに母の人生は何だったのだろうとティアリスは思う。

親に捨てられ、必死に生きていたアリア。歌姫になってようやく報《むく》われるかと思った時に父王に無理やり側室にさせられ、ティアリスのせいで逃げることができなかった母親。

アリアを不幸にしたのは紛れもなく父王とティアリスだ。

「私さえ生まれなければ――」

ハラハラと涙が零れて、膝に落ちていく。

「姫、それは違う」

急に手を引かれ、気がつくとティアリスはセヴィオスの腕の中に抱きとめられていた。

「で、殿下……？」

うろたえながらセヴィオスの胸から顔をあげると、すぐ間近にセヴィオスの黒い瞳があった。いつもは感情を映さない黒曜石のような瞳に、今は優しげな光を浮かべてティアリスを見おろしている。

「君の母君が君に向かって『生まれてこなければよかったのに』と言ったことはあるかい？」

「い、いいえ」

アリアはいつだってティアリスに向かって「あなたが生まれてきてくれて嬉しいわ、ティアリス」と言っていた。言われて嬉しかったと同時に少し辛かった。ティアリスが生まれたせいでアリアの自由を奪ってしまったことを知っていたから。

「母君の愛情はなかったと思う？」

「いいえ」

母親に愛されていなかったとは思っていない。愛されていた。それは確かだ。けれど、ティアリスを見てアリアが時々悲しそうな顔をしていたことも知っている。ティアリスの寝顔を見に来て「ごめんなさい」と辛そうに何度も謝っていたことも。

どうして悲しい顔をするのか、辛そうに謝るのか、ティアリスには分からない。

――私はお母様と一緒にいられて幸せなのに。お母様が謝ることなんてないのに。

むしろ謝らなければならないのは、ティアリスの方だ。アリアを冷たいロニオンの城に縛りつけていたのだから。

「姫。姫の母君は自由より君への愛情を取っただけだ。僕の母上はその選択肢すら与えられずに父上に縛りつけられた。もし僕の母上が選択できていたら、あの人は僕を捨てて自由を選んだに違いない」

その言葉にティアリスは目を見開く。想像するだけでティアリスはこんなに悲しいのに、母親に愛情を向けられるどころか、憎まれ、生まれてきたことを恨まれていたセヴィオスはどれほど辛かっただろう。

「ごめんなさい。私、自分のことばかりで……」

セヴィオスは苦笑して首を横に振った。

「いいんだよ。ほとんど母親だという意識はなかったから。でも君は違う。君を見ていると母君に愛されて育ったのが分かる。これは想像でしかないけれど、姫の母君は孤児院出身で天涯孤独だった。もしかしたら、彼女が真に欲していたのは自由や歌より、家族だったのではないかな？　だとすれば唯一の家族である君を母君が選ぶのは当然だ」

「……家族」

——私はお母様の足かせではなかった？

「姫、母君が言わなかったことや想像に過ぎないことで心を痛めるのは無駄なことだよ。母君の愛情と一緒に過ごした日々のことだけを覚えておけばいいんだ」

「殿下……」

乾きかけていた涙が再び溢れてくる。今までこんなふうに言ってくれる人はいなかった。

——なんて優しい人なのだろう。

じわりと温かな思いが広がっていく。それと同時にティアリスは自分を抱きしめる腕を急に意識し始める。細身で、まだ少年の域を出ていないセヴィオスだが、ティアリスが小柄ということもあって、すっぽり包まれていた。まるで守るように。

——温かい。

誰かに抱きしめてもらうなど久しぶりだった。温かな体温を感じて、どれだけ自分がそれに飢えていたのかを知る。

——今だけ。今だけだから。

ティアリスはセヴィオスの胸に頬を寄せて目を閉じた。

＊＊＊

小さな背中を撫でながら、セヴィオスは不可解な思いにとらわれていた。

ティアリスを慰めている自分が不思議だった。けれど、なぜか泣かれると胸が抉られたように痛む。どうにかしないとという思いに駆られる。

きっとそれはティアリスの泣き方のせいだ。

——……声を、あげずに泣くんだものな。

涙を零しながら必死に唇を噛みしめ、嗚咽《おえつ》を漏《も》らさないようにしている。おそらくいつもこうして声を漏らさずに泣いていたに違いない。母親と乳母を心配させないために。

これ見よがしに声をあげて泣くセヴィオスの母親や、彼が第四王子だということで近づいてくる女性たちとはあまりにティアリスは違っていた。

まだ子どもだというのに、誰よりも大人びているティアリス。第四王子の自分に何ひとつ求めることなく、諦めたような目をして、静かに佇《たたず》んでいる。

——この小さな身体にどれだけ辛いものを抱えているのか。

彼女が話していたことを思い出し、セヴィオスは眉を顰める。病気になった女性に、誰も手を差し伸べないなどブラーゼンでは考えられないことだった。囚人ですら、病気になれば医者に診てもらえるのだ。ましてやティアリスは王の子で、その母親は正式な王の妻として迎えられていたのに。

思いのほか気持ちが乱されていることを自覚してセヴィオスは口を引き結んだ。

彼は元来感情の薄い子どもだった。生まれた時から傍にいるヨルクや使用人たち以外、誰かに親しみや興味を覚えたことはなく、王位も王太子の座もどうでもよかった。自分自身に対して執着もない。ブラーゼンの安定のために今すぐ死ねと言われたら、淡々とそれを受け入れるだろう。

自分が生きようが死のうがどうでもいい。彼の興味は本と知識を得ることだけに傾けられていた。だからこそ今ティアリスに感じているこの気持ちが不思議でならなかった。

——同情？　それとも……。

腕の中のティアリスが身じろぎする。ハッとしたように目を開けて、慌ててセヴィオスの腕から遠ざかる。どうやら我に返って、今さらながら恥ずかしくなったらしい。

「ご、ごめんなさい。私」

涙の跡のある頬が朱に染まっていた。

「落ち着いた？」

「は、はい。申し訳ありません。泣いたりして」

「別にかまわないよ」

——そう、自分のいないところであんなふうに声を殺して泣くのでなければ。

どこからかそんな思いが湧いてきて、セヴィオスは思わず苦笑を浮かべた。

――だから同情なんてやっかいだと言ったんだ。

「あ、あの、私、帰りますね。そろそろトーラが戻ってくるので。そ、それで、あの、これを殿下に……」

ドレスのポケットの中から白いハンカチーフを取り出すと、ティアリスは恥ずかしそうにセヴィオスに差し出した。

「本のお礼です。他にあげられるものが思いつかなくて。す、すごく下手ですけど……」

「僕に？」

「はい」

びっくりして尋ね返すと、ティアリスはこくんと頷く。

受け取って広げると、白い何の変哲もないハンカチーフには彼のイニシャルと草模様が刺繍されていた。上手とは言いがたいその刺繍は、きっとティアリスが自分で刺したものなのだろう。

第四王子という身分がら、セヴィオスが他人から何かを贈られたのはこれが初めてではない。けれど今まで受け取った中で一番尊いものだと感じた。

「ありがとう、姫。大切にするよ」

「いえ、その……私の方こそありがとうございました。そ、それでは失礼します」

ティアリスは頬をほんのり赤く染めながら立ち上がって頭を下げると、壁に向かって歩き始める。セヴィオスも立ち上がりながらその背中に声をかけた。

「ティアリス」

足を止め、驚いたようにティアリスは振り返った。彼女がびっくりするのも無理はない。今まで「姫」とだけしか言わなかったセヴィオスが初めて名前を呼んだのだから。

彼女の隠しきれていない動揺を見ながら、セヴィオスは笑みを浮かべる。

「またおいで、ティアリス」

大きな青い目がこれでもかというほど見開かれる。その顔が一瞬だけ泣き笑いのような表情を浮かべたのを見て、セヴィオスは満足感を覚えた。

「は、はい」

ティアリスは頷くと、少しギクシャクとしながら低木の向こう側へと消えていった。セヴィオスは微笑んだまま彼女が穴の向こうへ帰ったのを見届けると、スッと笑みを消して口を開く。

「覗き見は感心しないぞ」

すると木の後ろから、にやにやと笑いを浮かべたヨルクが現れた。

「覗き見ではありません。邪魔してはいけないと思い、出るのを控えていただけです」

「よく言う」

ティアリスは最後まで気づかなかったようだが、しばらく前からすぐ近くで人の気配がしていたことにセヴィオスは気づいていた。

「いつから聞いていた？」

「最初から最後までです」

悪びれもなく言ったあと、ヨルクは笑みを深める。

「殿下が女性を慰めている場面が見られるとは。感無量です。このまま女性に興味を抱かないまま成長するのかと心配しておりましたよ。ええ。でも幸いティアリス様のおかげで杞憂《きゆう》に終わりそうですね。大変結構です。……ああ、そうだ、これを殿下に」

セヴィオスが顔を顰めるのもかまわずヨルクは手にしていた書類を差し出す。

「いいタイミングで報告が届きましたよ。ティアリス様の調査結果です」

「ようやくか」

ため息をつきながらセヴィオスはヨルクから書類を受け取る。ふとヨルクの顔から笑みが消えたのはその時だった。

「最初に言っておきますが、気持ちのよいものではありません。予想はしていましたが、さすがの私も気分が悪くなりました。よくも罪のない女性と子どもにこんな仕打ちができるものだ」

「ヨルク？」

ここまでヨルクが嫌悪感を露わにするのは珍しかった。セヴィオスは眉を寄せて手にした書類に目を落とす。読み進めていくうちに、セヴィオスは自分の表情がどんどん険しくなるのを感じた。

報告書には、ロニオンの王族の現状や、ティアリスの母親が側室になった時からの状況が事細かに書かれていた。ティアリス本人が語ったものより醜悪《しゅうあく》な事実がそこにあった。

ティアリス母娘は城の外れにある小さな屋敷に押し込められ、そこで最低限のものしか与えられず、まるで下級の使用人にも劣る生活を強いられていたようだ。体裁が悪いからと着るものはまともなものが与えられていたが、満足な数ではない上に、それも側室やその子どもたちのお下がりだった。寒いロニオンでの生活には暖炉を燃やすための木材が必需品だったが、それも事欠く有様だったという。

ところが辛い生活をティアリスたちに強いる一方、王妃や王、それに異母姉は贅沢《ぜいたく》な生活を享受していたのだ。

一歩屋敷の外に出れば悪意や嘲笑に晒されていたティアリスたち。なお悪いことに、ロニオン王は母子を放置して無視しておきながら、たびたび夜になるとティアリスの母親であるアリアを呼びつけ、性的暴行を加えていたらしい。アリアは娘の安全を盾に取られ、逆らうことはできなかった。ただ、そのことをアリアは娘には必死に隠していたのだろう、ティアリスが知らなくて幸いだとセヴィオスは思う。

そのティアリスもまた異母姉の王女ファランティーヌに呼び出されては罵倒されたり叩かれたりつねられたりと暴力を振るわれていたようだ。

右腕の火傷もファランティーヌがつけたものだという。四年ほど前、自室にティアリスを呼びつけたファランティーヌは、彼女の目つきが気に入らないという理由で、火かき棒で叩こうとしたのだ。ティアリスはとっさに腕で頭を庇ったものの、熱く熱した火かき棒は彼女の右腕を直撃した。あの火傷はその時についたものだったのだ。

手首まであるドレスを着ていたため、直接肌に火かき棒があたらなかったことだけが不幸中の幸いだ。でなければ、あの火傷はもっとひどいものだっただろう。

けれど傷を負ったのはティアリスなのに、悪いのは彼女だとされた。ファランティーヌは臆面もなく「無礼な下賤の娘に礼儀を教えただけよ」と言い、誰もがそれを支持したのだ。

ロニオンにはティアリスたちに味方する者はいなかった。それどころか、王妃たちにおもねって二人に辛くあたる者も多かったという。ティアリス母娘は互いのためにその仕打ちに黙って耐えるしかなかった。

そんな状況に娘を一人残して逝《い》かねばならなかったアリアの心境は察するにあまりある。きっと最後の吐息が途絶えるその時まで娘のことを心配していただろう。

報告書は最後にティアリスがブラーゼンに送られることになった経緯と事情でしめくくられていた。

「くそっ……」

手にしていた書類を握り潰し、セヴィオスはその拳を木の幹に叩きつける。

沸々と湧き上がる感情に、めまいがするほどだった。

――ああ、これが憎悪か。自分らしくもない。

冷静に頭の片隅で思うものの、すぐさまそれも怒りの感情に塗り替えられていく。セヴィオスは生まれて初めてとも言える、激しい感情に揺さぶられていた。

「誰も奴らを諌《いさ》めなかったのか……？　誰も彼女たちを救おうとしなかったと？」

呟きに答えたのはヨルクだった。

「王妃はロニオンでも裕福で権力もあった侯爵家の出身のようですからね。逆らえなかったのでしょう。側室腹の王太子ですら王妃の顔色を窺い、ティアリス様たちの窮地を見て見ぬふりをしていたそうです。唯一、諌めることができるのは王ですが、彼自身が屑ですからね」

それがティアリスとセヴィオスとの大きな違いだった。母を亡くし、後ろ盾もないような状況はセヴィオスも同じだが、父親であるブラーゼン聖王は、彼を第四王子としてきちんと扱ってくれた。普段は放置されているものの、公の場には呼ばれ、声をかけられる。だからこそ周囲はセヴィオスを王子として認識するし、「可哀想な王子」と憐れむものの、表面上は敬《うやま》ってくれる。それにセヴィオスには母親が実家から連れてきた使用人がいて、彼らが守ってくれていた。

けれどティアリスたちは、誰も守ってくれる者もいないまま、いわれなき悪意と暴力に晒され続けていたのだ。

もちろん、世の中にはティアリスたちよりもっとひどい環境に置かれている者もいるだろう。けれどセヴィオスにとってそんな見も知らぬ他人などどうでもよかった。彼が気にかけるのはティアリスだけだ。

そのティアリスがあの小さな身体に受けた暴力や苦しみを思うと、はらわたが煮えくり返る思いだった。

——許せない。許さない。

彼女を犠牲にして安寧《あんねい》を貪《むさぼ》るロニオンのすべてがセヴィオスには許せなかった。

セヴィオスはこの瞬間、自分のこの感情がどこから来るのか悟った。

確かに最初は同情だったかもしれない。そんな感情を抱くこと自体今までになかったことで、セヴィオスは自分のことながらそれをどこか面白がっていた。けれど、今は違う。感じているのは、哀れみや同情などといった生やさしいものではない。

今までの人生、生き方すべてを吹き飛ばすほどの激情だった。

自分のどこにそんなものが潜んでいたのか不思議なほどだ。セヴィオスの中の激情を含めた様々な感情を揺り動かしたのは、ティアリスだけだった。

「殿下、残念ながら過去は変えられません」

「分かっているさ」

セヴィオスは荒れ狂う気持ちを、湧き上がる感情を何とか抑えようと、片手で目を覆い、歯を食いしばる。その様子をヨルクは静かに見守っていた。

やがてセヴィオスは顔をあげると、自分に言い聞かせるように呟く。

「過去は変えられない。でもこれからのことは変えることができる」

淡々とした口調だったが、そこには今までとは違う熱がこもっていた。

「ヨルク。後宮を調べてくれ」

「後宮を？」

「ティアリスの状況は明らかにおかしい。満足に世話をされていないようだ」

ティアリスは後宮での生活のことをほとんど口にすることはないが、彼女自身を見ればおかしいことはたくさんあった。庭の手入れのせいで手が荒れていたが、そもそも王女自ら手入れをしなければならない状況が異常だ。ドレスも数着しか持っていないように見える。何より、ティアリスが自由に一人で壁を越えられること自体がおかしいのだ。

「王女たちにあてがわれている侍女は世話をするのと同時に王女たちの監視役でもある。自国の間者に接触されたり、こちらの情報を流したりすることがないように、常に侍女は王女たちの傍に侍っているはずだ。当然ティアリスが壁の穴を通って後宮から出ていることを見逃すはずはないし、許すはずもない。にもかかわらず、ティアリスが穴を抜けられるのは……」

「侍女がほとんどいない状態なのでしょうね」

ヨルクがしたり顔で頷く。

「あそこの管理と王女の世話は女官長に任されています。ティアリス様の状況が放置されて一向に改善する気配もないのは、女官長が一枚嚙んでいるのかもしれませんね。すぐに調べさせましょう」

「頼んだよ、ヨルク」

手配のため足早に去っていくヨルクを見送ったセヴィオスは、彼の姿が見えなくなると、振り返って後宮と庭とを隔てている壁に目をやった。それから地面に放置したままの本に気づいて、屈んで手に取った。

「本か……いくら本を読んで知識を得ても、何にもならないな」

セヴィオスの口元に苦笑いが浮かぶ。ティアリスの過去を変えることはできないし、今彼女が置かれている状況を改善することもままならない。

彼は自分の無力さを生まれて初めて実感していた。

＊＊＊

「いらっしゃい、ティアリス」

「こ、こんにちは殿下」

「セヴィオス、だよ、ティアリス。名前で呼んでいいと言っただろう?」

「セ、セヴィオス……様」

恥ずかしげに言うと、セヴィオスはにっこり笑った。

「様は本当はいらないけど……うん、まぁ、今はそれでいいよ」

「あ、あの、今日は何の本を読んでいらっしゃるんですか?」

あの日をきっかけに、ティアリスとセヴィオスの距離はぐっと縮まっていた。今やティアリスは庭を見るためではなく、セヴィオスに会いにやってきている。

「海を隔てたはるか東方にある国を旅した旅行記だ。一緒に見よう」

「はい！」

木の根元に並んで腰を下ろし、二人で本を見る。セヴィオスに借りてティアリス一人で本を読むこともあったが、たいがいは一緒に眺めることが多い。もっとも、字は読めるもののほとんど内容が理解できないティアリスに、セヴィオスが説明しながら読み進めるというパターンになる。

「無知でごめんなさい……」

申し訳なくてシュンとなるティアリスに、セヴィオスは優しく笑った。

「かまわないよ。それにただ本を読んでいるより、ティアリスに説明しながらの方が僕もよく頭に入るから」

セヴィオスは優しくて、そしてよく笑うようになった。

出会った頃はほとんど無表情だったけれど、今ではティアリスに色々な表情を見せてくれる。一番多いのが笑顔だ。笑顔を向けられるのが嬉しくて、ついティアリスの頬もゆるんでしまう。ブラーゼンに来て、こんなに笑える日が来るなんて思わなかった。

「お二人とも、そろそろお茶はいかがですか？」

お盆を手にヨルクがやってくる。これもいつもの流れだ。

「そうだね。お茶にしようか、ティアリス」

「はい!」

——とても、とても、幸せだわ。

だが、幸せを噛みしめる一方で、ティアリスは思わぬ困難に直面していた。ロニオンから持参したドレスが窮屈《きゅうくつ》になってきていたのだ。何とか身体が入るドレスを順番に着ているが、いつも同じものになってしまい、恥ずかしくてたまらなかった。

一体、セヴィオスたちにどう思われていることか。

そもそもティアリスがブラーゼンに持参してきているドレスの数も少ない。さすがにおさがりだと体裁が悪いからと、ロニオンを出る時にいくつかドレスを仕立ててもらったが、それも必要最低限の数しかなかった。衣食住すべてブラーゼン側が用意するということだったからだ。

ところが勇気を出してトーラに尋ねたら「聞いておりません」と言われてしまった。もしかしたらドレスは自国がそのつど用意するものだったのかもしれない。けれど、ティアリスはロニオンにドレスを送ってもらうように頼む勇気はなかった。頼んでも送ってくれるかどうかも分からない。まさに八方塞がりだった。

——前にパムがやってくれたように、自分でサイズを直すしかないわ。道具は持ってきているし、パムから針と糸の使い方は教わっているから、まずは練習から……。

自分でサイズを調整できるようになれば、しばらくは大丈夫だ。そのうち裁縫に慣れればドレスを仕立てることもできるかもしれない。

前向きに考え、ティアリスは庭の手入れの他にもう一つ、自分に目標を立てる。

ただ、自分の窮地をセヴィオスに訴えることはしなかった。恥ずかしかったし、それ以前に自分のことで誰かに頼ること自体、ティアリスには思いつかないことだった。

「ねぇ、ティアリス。何かして欲しいことはあるかい？　望むことは？」

カップをテーブルに置いて、不意にセヴィオスが尋ねる。ティアリスは目を丸くしたあと、微笑んで首を横に振った。

「いいえ。何も。とてもよくしてもらっていますから」

こうしてセヴィオスたちと過ごせるだけでティアリスには十分だった。

――多くを望んではだめ。この方が私を気にかけてくれるのは、私に同情してくださっているだけなのだから。

セヴィオスは優しい。きっと同じような生い立ちのティアリスを放っておけないのだろう。それが分かっているからこそ、これ以上彼につけ込むことはできなかった。

ティアリスの返事を聞いてセヴィオスは苦笑を浮かべる。

「本当に君は僕に何も求めないんだね……」

歯がゆいほどに。

そう口の中で呟かれたセヴィオスの言葉はティアリスには届かなかった。

ティアリスは知らない。

後宮での彼女の現状をセヴィオスたちがとっくに把握していて、手を打っていることも。

期待をせず、何も望まないティアリスの態度が、セヴィオスを駆り立てていくことになることも。

＊＊＊

ある日ティアリスが目覚めると、状況が一変していた。

「初めまして、ティアリス様。新しくティアリス様付きの侍女になりましたユーファと申します」

聞いたことのない声で目を覚ましたティアリスは、ベッド脇でにこにこと笑っている見知らぬ女性を、唖然として見上げた。

二十歳ぐらいだろうか。目鼻立ちのくっきりした美しい女性だった。

「新しい……？　あ、あの、トーラはどうしたのです？」

困惑しながら尋ねると、ユーファと名乗ったその女性はにっこり笑う。

「トーラは昨日付で退職しました。代わりに今日から私がティアリス様のお世話をさせていただくことになっております。どうぞ末永くよろしくお願いします。……さっそくですが、お着替えをしましょうね、ティアリス様。今日はこのドレスはいかがですか？」

ユーファは言いながら、いつの間にか持ち込まれていた長方形の箱からドレスを取り出して広げてみせる。ピンクのレースのついた可愛らしいシュミーズドレスだった。

ティアリスはギョッとする。ユーファが広げたドレスは今まで見たこともないもので、どう見ても新品だったからだ。

「ユ、ユーファ、そのドレスは一体どなたの……？」

「いやですわ。もちろん、ティアリス様のドレスに決まっています。ひとまずこの長持の分しかご用意できませんでしたが、後日また届きますので、それまではこれだけでご辛抱ください」

「これだけって……」

思わず絶句する。長持はティアリスの腰まで深さのある大きなものだった。それにめいっぱい詰め込まれているのが全部ドレスだとしたら、一体何枚あるというのだろう。

「そんなに何枚もあっても……」

「これだけでも足りないくらいです。ただ、ティアリス様は成長期なので、そのつどサイズを変えていかなければなりません。なので今はひとまずこれくらいで我慢していただいて、後日またサイズを測って仕立てて」

「ま、待ってユーファ」

混乱しながらティアリスはユーファの話を遮る。何が起こっているのかよく理解できなかった。

「そのドレスは一体どこから……？　ロニオンから届いたわけじゃないのよね？」

「ロニオン？　いいえ。これはこちらでご用意させてもらったものです。王女様たちのお召し物はすべてブラーゼン側で責任を持つというのが約束ですから」

「え……？」

口をポカンと開けるティアリスに、ユーファは微笑む。

「ティアリス様が戸惑っておられる理由は分かっております。あとでそのことも含めてゆっくり説明しますので、今はお着替えをなさってください。今日は忙しいですよ。家具の搬入もありますし、午後からは庭師が来て庭の手入れをする予定ですし」

「庭を？　待って！　庭師はいいです。私がやりますから！」

ティアリスは慌てた。もし庭に誰か入ったら、壁の穴のことがバレてしまう。

けれどユーファは笑顔で驚くようなことを言った。

「大丈夫ですよ、ティアリス様。壁の穴のことは存じておりますから」

「……え!?」

「若様から伺っております。それにやってくる庭師は私どもと懇意《こんい》にしている者です。穴のことは決して漏らしません。安心なさってください」

「……ユーファ？　あなたは……」

大きな目を見開いてティアリスはユーファを見上げる。ユーファは黒茶色の目に楽しげな光を浮かべて言った。

「私は先日まで第四王子セヴィオス殿下の屋敷で侍女として働いておりました。ヨルクは私の従兄弟にあたります」

「ヨルクの？」

言われてみれば、ユーファの顔立ちはヨルクに似ており、きっちり結い上げた薄茶色の髪も瞳も同じ色だった。

「若様……セヴィオス殿下の命により、ティアリス様のお世話をするために後宮に転属いたしました。改めまして、末永くお願いします」

ユーファのことだけでも驚きだったのに、びっくりすることはまだ続いた。

困惑したまま新しいドレスに着替えさせられ、いつもより豪華なメニューの朝食を食べていると、就任したばかりの新しい女官長が挨拶にやってきたのだ。

新しい女官長は前の女官長より若かったが、きっちりとした人のようで、ティアリスの部屋の有様と今までの生活を聞いてしばし絶句したあと、深く頭を下げた。

「長い間ご苦労をおかけしまして申し訳ありませんでした。ティアリス王女様。即急に改善し、二度とこのようなことがないようにいたしますので、今までの御無礼、どうかご容赦くださいませ」

「は、はい」

何のことについて謝罪されているのかティアリスにはいまひとつ理解できなかったが、新しい女官長には好意を抱いた。彼女は前の女官長のようにティアリスを見下すことなく扱ってくれたからだ。

女官長とユーファの指示のもと、古めかしい家具が運び出されて新しいものと入れ替わっていく。その作業も落ち着き、ようやくユーファから説明を受けたのは午後になってからだった。

「つまりですね、前の女官長はティアリス様をはじめ、王女様方に使われるはずのお金を横領《おうりょう》していたのです」

ティアリスはユーファの淹れたお茶をいただきながら、庭の様子をちらりと眺める。小さな庭では一人の庭師が忙しく立ち働いていた。意外なことに庭師はとても若く、聞けば彼もヨルクとユーファの従兄弟だという。

「横領……？　ええと、つまり自分のものではないお金を使い込んだということ？」

視線をテーブルに戻して首を傾げると、ユーファはよくできましたとばかりに頷いた。

「はい。そのとおりです。女官長は陛下から後宮の管理を任されておりましたが、その中には王女様方に充てられるお金の管理や配分も含まれていました。国の大小で若干の差はありますが、お金は本来王女様方に公平に使われるべきもの。ところが前の女官長は大国や贔屓《ひいき》にしている王女には請われるままお金を使い、ティアリス様のお国のような弱小国の王女にはほとんど配分しませんでした」

ティアリスたちに使われるべきお金は前の女官長の懐《ふところ》に入っていたのだという。

それが半年以上もの間表に出ることがなかったのは、ティアリスたちが不満の声をあげなかったからだ。前の女官長は狡猾《こうかつ》で、ブラーゼンには強く出られない弱小国の、それも大人しい性格の王女ばかりを犠牲者に選んでいた。そればかりか、買収した侍女を送り込んで、自分の所業が明るみにならないように隠匿《いんとく》していたのだった。

「では、トーラも……？」

「はい。横領に一枚嚙んでおりました。表面的にはティアリス様にきちんとお金が使われていると見せかけて、前の女官長にお金が渡るように協力していたのです」

ドレスのこともそうだ。ティアリス本人には知らないと言っておきながら、書類上では、彼女には毎月のようにドレスが仕立てられていたという。実際はドレスは作られず、そのお金は前の女官長の懐に入っていたわけだが。

「前の女官長はどうして横領を？　いつかバレるものなのに」

「夫の子爵に借金があったそうです。それも自業自得だそうですが」

「そうだったのですか……」

知らないところでそんな状況になっていたとは驚きだった。どうりで新しい女官長が謝っていたわけだ。けれど、ティアリス自身は後宮の生活もロニオンでの生活と大差なかったので、ユーファが言うほど犠牲になったという意識はない。そのせいか、二人に対する怒りは湧いてこなかった。

「きっと前の女官長もどうしようもなく、お金を手につけてしまったのでしょう」

「ティアリス様はお優しい方ですね。私だったら絶対に許せませんよ。倍にして返してやりますわ」

勇ましくそう言ったあと、ユーファは急にふふっと笑った。

「ユーファ?」

「いえ、優しくて可愛らしいティアリス様にお仕えできるようになってよかったと思いまして。無表情で可愛げがない若様より、よっぽどお世話のし甲斐がありますもの」

「無表情で可愛げがない?」

思わずティアリスは首を傾げていた。

「セヴィオス様はとてもお優しくて、いつも笑顔で迎えてくださるけれど」

「それはティアリス様にだけですよ! 普段は本当に淡々としていて、何を考えているかさっぱり分からないんですから」

ユーファやヨルクはセヴィオスの母親の家に仕えていた一族の出身で、彼女が聖王に召し上げられた時に一緒に宮殿に入って以来、ずっとあの屋敷で母子に仕えていたという。セヴィオスが生まれた時から知っているためか、主に対しても遠慮がない。

「まぁ、でも、変にひねくれていた若様が他人に興味を覚え、さらに人を思いやれるようになったのは上出来です。ティアリス様には本当に感謝を――」

「おーい、ユーファ! ひとまず完成したぞ」

庭師のカルヴィンがテラスの戸を開け、声をかけてくる。言葉を切ったユーファは、カルヴィンに向かってにっこり笑った。

「間に合ったようね。ご苦労様!」

「文字通り突貫だったけどな。ひとまず通り抜けは問題ないと思う」

そこまで言うと、カルヴィンはティアリスに視線を向け笑顔になると、帽子を脱いで軽く頭を下げた。

「姫様、若様のことを頼みますね」

「え？」

カルヴィンに言葉の意味を問う間もなく、ユーファが急かす。

「さぁ、ティアリス様、行きましょう！　若様が庭でティアリス様をお待ちですよ！」

「え？　え？　え？」

手を引かれ、ユーファと共に庭に出る。ユーファが向かうのは壁の穴がある場所だ。

「穴を見てください、ティアリス様」

言われるまま低木をかき分け、いつもの場所を覗いたティアリスは息を呑んだ。壁に開いた穴が舗装され、綺麗なアーチ状のトンネルになっていたのだ。今まではいかにもひび割れて崩れ落ちたといった様子でごつごつと石が飛び出ていたのに。穴も前より広くなっているようだ。

「これは……」

「さすがカルヴィン。いい仕事をするわ」

ユーファはにっこり笑うと、ティアリスに言った。

「壁の向こうに行きましょう、ティアリス様。穴が広くなったので私もお供できます」

ユーファのあとに続き、四つん這いになって穴を通り抜ける。以前は子どもしか通れなかった穴が広がり、今では大人の女性でも十分通り抜けられるようになっていた。

「着きましたよ、ティアリス様」

先に立ち上がっていたユーファの手を借りて立ち上がり顔をあげたティアリスは拍手に迎えられ、大きく目を見開く。

「十二歳の誕生日おめでとう、ティアリス」

セヴィオスがいた。ヨルクも。庭にはいつもの三倍はあるテーブルが設えられ、その上にはお茶やワイン、それにお菓子などがたくさん皿に盛られている。そのテーブルを囲むように、知らない人たち――おそらくセヴィオスの屋敷の使用人たちだろう――が立っていて、ティアリスに向かって拍手をしながら口々に祝った。

「おめでとうございます、姫様」「王女様、誕生日おめでとうございます！」

「誕生日……？」

呟いてから「あっ」と思う。すっかり忘れていたが今日はティアリスの十二回目の誕生日だ。ブラーゼン行きを告げられたあの十一歳の誕生日からもう一年が経ったのだ。

「ティアリス。おいで。皆に紹介しよう」

呆然と立ち尽くすティアリスにセヴィオスが近づき、肩を抱き寄せた。

「ここにいるのは昔から僕や母上に仕えてくれていた者ばかりだ。皆の者、ティアリスだ。ロニオンからやってきた小さな僕の姫。これからは僕同様に彼女にも仕えてやって欲しい」

「はい、若様！」

使用人たちが一斉に頷く。ティアリスは呆然とその様子を見つめ――大きな青い目からポロポロと涙を零した。

ロニオンでは母とパム以外誰もティアリスの誕生日など気にせず、ファランティーヌのことばかり。父王すら気に留めることはなかった。ファランティーヌの誕生パーティの華やかさと豪華さを横目に、ティアリスは母とパムと三人であの小さな屋敷でつつましく祝う。それがいつもの誕生日だった。

――それが……まさかブラーゼンに来てこんなに大勢の人に祝ってもらえるとは夢にも思わなかった。

「それは幸せの涙ということでいいのかな？」

目から涙を溢れさせているティアリスを見おろしてセヴィオスがからかうように言う。喉がつかえてうまく言葉にならなかったティアリスは一生懸命頷いた。

「は、い。こんなの……初めて、で……」

「これからは毎年ティアリスの誕生日をここで祝おう。皆で。今まで辛い思いをした分、幸せになろう、ティアリス」

セヴィオスはそう囁《ささや》いて屈みこみ、ティアリスの額にキスを落とした。

「若様、やるぅ！」「いいぞ、若！」

はやし立てるような声が庭中に響き渡る。そんな中、セヴィオスはティアリスの額に唇を押し当てたまま、そっと彼女だけに聞こえるように呟いた。

「いつか必ず、君が幸せになれる世界を、いつでも笑っていられる優しい世界を、君に作ってあげる。だから、ティアリス。その時は君の大切なものを僕にくれる?」

十二歳になったばかりのティアリスには、そこに込められた言葉の意味を理解するには早すぎた。ただ、セヴィオスがティアリスから何かをもらいたがっていることだけは分かったので、こくんと頷く。

——もう幸せな世界はもらっている。何ひとつ持っていない私だけど、セヴィオス様が求めるなら命だって差し出そう。

「ありがとう、約束だよ」

セヴィオスの口元に嫣然《えんぜん》とした笑みが浮かぶ。少年らしからぬその笑みに、けれどティアリスは気づくことはなかった。

「若様、いい加減に独り占めしないでください」

突然ユーファが乱入し、セヴィオスの腕からティアリスを強引に奪っていく。

「ティアリス様、テーブルについてくださいな。皆で腕によりをかけて作りましたの」

ユーファはティアリスの手を引いてテーブルの方に向かう。その強引さにすっかりティアリスの涙は引っ込んでいた。テーブルに着くと、ユーファをはじめ、皆があれこれと世話をする。ティアリスの前の皿はすぐにいっぱいになった。

誰もが笑顔で、優しかった。

——ああ、私、すごく幸せだわ。幸せすぎて今すぐ死んでもいいくらい。

「ありがとう。ユーファ、皆」

ティアリスの顔に心からの明るい笑みが浮かんでいた。


皆に囲まれて笑顔で応対しているティアリスを微笑んで見守っているセヴィオスに、ヨルクが笑いながら声をかける。

「今日届けられたドレスが殿下からの誕生日プレゼントだと、いつティアリス様に告げるのですか？」

「また泣かれそうだから、あとでいい。今はティアリスの笑顔を愛でていたい」

「流す涙は喜びの涙だと思いますがねぇ」

揶揄《やゆ》するように言ったあと、ヨルクはセヴィオスに近づき、そっと耳打ちをする。

「セヴィオス様、女官長たちの処遇が決定したそうです。ですが……」

内容を聞いたセヴィオスの顔が険しくなった。

「一年近くもの間、ティアリスを苦しめてそれだけか？　生ぬるいな」

前の女官長も、侍女のトーラも城での職を失い、名誉は地に落ちたものの、命を奪われることも、身分を剝奪されることもなく実家に帰されたと言う。

「どうやら第三王子の母親の実家が横やりを入れたようです。前の女官長の夫が当主と懇意にしていたそうで。それに前の女官長に優遇されていた王女方からも減罰の嘆願《たんがん》が出されていたので、無視できなかったのでしょう」

「いらぬことを」

セヴィオスは吐き捨てる。懇意にしていたからといって罪を軽くしたら、下の者に示しがつかないではないか。

「あの側室の実家の力は陛下でも無視できませんからね。事を構えるより罰を軽くする方が楽だったのでしょう。理不尽ですが、これが権力というものです」

ヨルクは口を引き結ぶセヴィオスに淡々と、でも諭すように言った。

「殿下、覚えておいてください。権力を前に力なき者は屈し、踏みにじられ搾取《さくしゅ》されても何も言えぬのです。ティアリス様のように。……ですが、殿下もそれは同じ」

「分かっている」

第四王子とはいえ、力のないセヴィオスには前の女官長の犯罪を直接暴くことはできなかった。調べたことを宰相に伝えて対処してもらうしか方法はなく、セヴィオスは自分の無力さを噛みしめていた。

今の彼にはティアリスを後宮から出す力もない。生活が少しでもよくなるように間接的に補助するだけで精一杯だ。ましてや第三王子の母親の実家の権力は強大で、今のセヴィオスに太刀打ちできるはずもない。潰されるのがオチだ。

――力が必要だ。何者にも負けない権力が。

ユーファに何か言われ、頬を染めながらも笑顔になっているティアリスを見つめながら、セヴィオスは決心する。

「ヨルク。お前の思惑にのろう」

「はい？　思惑とは何のことです？」

セヴィオスの唐突な言葉にヨルクは首を傾げる。けれどその笑顔がセヴィオスの言葉の意味を理解していることを物語っていた。

「お前がティアリスを使って僕を焚き付けているのは分かっている。分かっているがかまわないさ。それにのってやろう。ティアリスを守るため、あの子に優しい世界を作るためには力が必要だ。父上が野望を叶えたら、ティアリスのような弱小国の王女は用済みになる。用済みの者をいつまでも生かしておくほどあの人はお優しくはない」

ブラーゼン聖王の野望は大陸すべての国を征服し統一することだ。そのために王女を人質に取り、王族の血を利用するために温存させている。今はまだ同盟関係だからいいが、いずれ完全に属国となれば小さな国は完全に呑み込まれて旧王家の血など残しておく必要もなくなるだろう。

「ティアリスを守るためには父上でも無視できない権力を身につけなければ」

言ったあと、セヴィオスは自嘲した。

「知識があっても力がなければ何もできない。何もできなければ無力と同じだ。だから僕は権力を得て聖王の座につく。あの子が二度と踏みにじられることがないようにするために」

「ようやく決心なさいましたね」

ヨルクは微笑みを浮かべた。

「微力ながらセヴィオス様のお力になれるように協力させていただきます」

「もちろん、お前にも責任を取って馬車馬のように働いてもらうつもりさ」

セヴィオスはティアリスをちらりと見て口元を引き締める。

「ヨルク、僕は軍隊に入ろうと思う。ちょうど父上から王族としての役目を果たせとせっつかれているからちょうどいい」

「軍にですか？」

「お飾りの総大将として戦争を指揮するために前線に送られることになるだろうがね。だがかまわないさ。この国は軍事大国だ。軍隊の権力と権限は大きく、父上にも無視できない。後見人もいない僕が力を得るには軍に入り、そこで実績と人脈を作るのが一番手っ取り早い」

そう語るセヴィオスもまた十五歳とは思えないほど大人びていた。環境がそういう人間を作るのか、それともそういう人間だからセヴィオスの育ってきたような環境に耐えられるのか。いずれにしろ、セヴィオスは生まれた時から他の子どもとは少し異なっていた。

頭の回転もよく、知識も豊富で思慮深い。自分より身分の低い者たちを見下すこともなく、常に公平だ。その気になればいくらでも人を魅了してしまえる。仕える者から見れば、互いに足の引っ張り合いしかしない横暴な第一王子たちよりもはるかに聖王にふさわしかった。だが、後見人もおらず支持する貴族もいないセヴィオスは王太子には遠く、また本人にもまったくその気はなかった。

けれど、今、その状況は変わってきている。セヴィオスは本気になった。

ヨルクは微笑を浮かべ、セヴィオスに向かって深く頭を下げる。

「このヨルク、セヴィオス様に地獄の底までお供いたしましょう。必ずや殿下を聖王に、そしてティアリス様を聖王妃にしてご覧にいれます」

「うん、頼むよ」

「御意」

権力を握るのは生やさしいことではない。姦計《かんけい》を用いて他人を陥《おとしい》れることもあるだろう。他者の命を大勢奪うことになるだろう。セヴィオスが進むのは血塗られた道だ。

他者の血で濡れた道にセヴィオスは真っ白な布を敷き、ティアリスを伴って歩いていく。赤と白の対比も美しいその光景を思い浮かべ、セヴィオスの口元は弧を描いた。

——ティアリス、優しい世界を君に贈ろう。だから……ずっと笑っていて。

綺麗なまでの微笑を浮かべ、セヴィオスはティアリスのもとへ行くためにゆっくりと歩き出す。その背中をヨルクはじっと見つめていた。

第3章　聖王

季節は瞬く間に巡り、ティアリスは十六歳になっていた。

「ティアリス様。若様が宮殿にお戻りになったそうです」

後宮の自室で刺繍を刺していたティアリスは、ユーファの報告に顔をあげた。

「まぁ、本当？」

ティアリスの顔がパッと明るくなる。セヴィオスはナダの地に駐屯《ちゅうとん》する部隊の視察に出かけていて、半月ほど屋敷を留守にしていたのだ。

四年前、セヴィオスが軍に入ると言った時は心配したが、彼はナダ戦で軍を率いて戦い、見事な勝利で初陣を飾った。その後、彼が総大将として行った南征、西征でもブラーゼン軍を勝利に導き、その功績が認められて、今では元帥という高い地位についていた。

『元帥は名誉職で王家の者が就くのが慣例なんだ。僕が偉くなったわけではないよ』

セヴィオスはそう言って謙遜するが、ヨルクによれば王族でも功績がなければ元帥の地位は与えられないらしいので、やはり彼がすごいことには変わりない。

「陛下への報告をすませて屋敷に戻っているそうです。行ってみてはいかがですか？　きっと庭でティアリス様を待っておられます」

「そうね」

裁縫道具を置き、ティアリスは急いで立ち上がる。逸《はや》る気持ちを抑えて庭に向かうべく部屋を出かけたティアリスは、ふと振り返ってユーファに尋ねた。

「あの、ユーファ。私の格好はおかしくないかしら？　半月ぶりにお会いするのに、変な姿は見せたくないの」

「大丈夫です。どこもおかしくありません。ティアリス様の姿は完璧ですよ！」

ユーファは励ますようににっこりと笑った。

それは本当のことだ。伏し目がちな少女は、控えめで清楚な女性に成長していた。顔立ちは少女の域をまだ脱してはいないものの、水色のシュミーズドレスに身を包んだティアリスの身体は娘らしい丸みを帯びている。相変わらずほっそりしているが、胸元を押し上げる柔らかそうな膨《ふく》らみは、彼女が大人の女性として成熟しつつあることを如実に表していた。

かつては垂《た》らしているだけだった淡い金色の髪は、ユーファの手によって綺麗に編み込まれ、どこに出てもおかしくないように整えられていた。今の彼女を見て、祖国ではおさがりのドレスしか身に着けるのを許されず、王女として扱われたことのない不遇の身だったとは誰も思わないだろう。

「ありがとう。行ってくるわ」

「あ、ティアリス様。今日は先生がいらっしゃる日ですから、二時間後には戻ってくるようにしてくださいね」

「分かったわ」

頷いてティアリスは庭に向かった。

庭は五年前とはずいぶん様変わりしていた。庭師のカルヴィンによって綺麗に整えられた花壇には、色とりどりの花が咲き乱れ、ティアリスの目を楽しませている。自分ではこんなに綺麗に庭を造れなかっただろうから、カルヴィンには感謝していた。

ティアリスの生活は外側から見れば、五年前とほとんど変わっていないように見えるだろう。相変わらず他の王女たちと交流もせず、後宮の一番奥の棟にひっそりと引きこもっている。

けれど他人からは見えないところで彼女の生活はセヴィオスと出会い大きく変化していた。

部屋はユーファによって常に心地よく整えられ、毎月のように新しいドレスが届けられる。恐縮してしまうほどの数で、すべて身に着ける前に入らなくなってチェストから入れ替えられるドレスも少なくなかった。

庭の手入れも繕いものも自分の手でする必要がなくなってしまい、手持ち無沙汰なティアリスのために、数年前からは家庭教師が付けられていた。家庭教師は好々爺《こうこうや》然とした人物で、以前はセヴィオスの家庭教師をしていたのだという。

「殿下にはもう教えることがなくてあやうくクビになるところでしたので、姫様に雇っていただいて幸いでしたな」

家庭教師はそう言って笑っていたが、全部セヴィオスが裏で手配したものだと分かっていた。人質の王女の身で、「勉強がしたい」と口にできないティアリスのために、彼女が遠慮することなく学べるように、自分の家庭教師を派遣してくれているのだ。

今こうしてティアリスが何不足なく生活できるのも、すべてセヴィオスのおかげだった。彼には感謝してもしきれない。

——いつか恩返しができたら……。

それが今のティアリスの目標だった。

壁の穴を通ってセヴィアリスの庭に出る。ティアリスの庭も変わったが、セヴィオスの庭もこの五年の間に様変わりをしていた。荒れ放題だった庭は整えられ、まるで別の庭のように作り変えられている。かつては伸び放題、咲き放題だった花は植え替えられ、今は違う花が整然と並んでいた。ティアリスの庭と似ているようで少し異なっているが、どちらもカルヴィンの手によるものだ。

セヴィオスの庭が荒れていたのは、手入れをする人がいなかったからではなく、わざと朽ちていくのに任せていたからだった。屋敷の裏庭にあたるここは、かつてセヴィオスの母親が故郷の庭を再現するために作らせたもので、ここで彼女は故郷や婚約者を思ってよく泣いていたらしい。生前は、この庭に入ることを許されていなかったセヴィオスは、ここを母親の象徴だと考え、手入れをさせず放置した。彼がよく本を持ち出して庭に出ていたのは、朽ちていく庭を観察するためでもあったようだ。

「ほら、うちの若様、ちょっと歪んでいるから」

ユーファはそう言うが、ティアリスには少しだけセヴィオスの気持ちが分かる気がした。セヴィオスと彼の母親の関係は、ほんの少しティアリスと父王の関係に似ているからだ。口には出さないけれど、ずっとそう思っていた。

だからだろう。ティアリスはセヴィオスのためにこの庭を変えたいと思った。セヴィオスに言うと、彼は「かまわないよ」と言ってくれた。彼自身には庭に対する未練はまるでないようだ。

ティアリスはカルヴィンと相談して、穴を隠している低木とセヴィオスがよく根元で本を読んでいるあの大きな木以外をすべて変えた。あの木をセヴィオスが気に入っているのは分かっている。あの木はセヴィオスの母親がこの屋敷に入るずっと前からあの庭に立っていたものだった。幸い、セヴィオスはティアリスが変えた庭を気に入ってくれて、時間があればよくそこで過ごしている。

立ち上がって庭を一望したティアリスは、木の幹に寄りかかって本を読んでいるセヴィオスに気づいて頰を染めた。

半月ぶりに見るセヴィオスの姿だ。

ティアリスの気配に気づいたのか、セヴィオスが本から顔をあげ、彼女の姿をその目に捉える。彼女だと認めたとたんに向けられた笑顔にティアリスの胸が激しく高鳴った。

「ティアリス」

「セ、セヴィオス様。お帰りなさい」

木に近づきながらティアリスはどんどん顔が熱を帯びるのを感じていた。

「おいで、ティアリス」

セヴィオスは腕を伸ばし、遠慮がちに傍に来たティアリスの手を引く。バランスを崩したティアリスはセヴィオスの腕の中に転がりこんだ。

「あっ、セ、セヴィオス様」

そのまま腕の中に抱き込まれて、すっぽりと包まれる。その腕は意外なほどがっしりしていて力強かった。

「会いたかったよ、ティアリス。君のくれたハンカチーフを君だと思って常に身につけているけれど、やっぱり本物の君がいい」

「ま、またあのハンカチーフを持って行ったのですね」

セヴィオスの言うハンカチーフとはティアリスが本のお礼にと初めて彼に刺繍して贈ったものだ。あれからティアリスの刺繍の腕も上達して、もっと趣向を凝らしたものをいくつも贈っているにもかかわらず、セヴィオスは最初に贈ったものをいつまでも持ち歩いているのだった。

「当然だよ、あれは僕の特別な宝物だもの」

「下手な刺繍なのに……」

口ではそう言いながら、ティアリスは嬉しさを隠せなかった。それにセヴィオスが言っていることも分かるのだ。あれから色々なものを彼から贈られているが、最初にもらった本は、ティアリスにとって今でも特別なものなのだから。

「君が慣れない手で一生懸命僕のために作ったことが尊いんだよ。それより、ティアリス、君は僕に会いたくなかったのかい？」

拗ねたような口調でセヴィオスが訴える。どうやら「会いたかった」という言葉にティアリスが同じ言葉を返さなかったのが引っかかっているらしい。もっとも、頭上で笑っている気配がしているので、本気で拗ねているわけではないようだ。

「まさか。私もセヴィオス様とお会いしたかったです。この半月の間、ずっとお帰りになるのを待っていて……」

ティアリスは答えたものの、急に恥ずかしくなってセヴィオスの胸元に顔をうずめる。頬が燃えるように熱かった。

五年の歳月はティアリスを子どもから大人にした。そしてセヴィオスを少年から青年へと変えた。二十歳を過ぎ、少年っぽさの消えた彼は今ではブラーゼン中の貴族令嬢から熱い視線を注がれているという。

無理もない。第四王子という身分に加え、ブラーゼン神聖王国軍の元帥という地位にもついているのだ。見目もよく、多数の女性を囲っている他の王子たちと違って妃もいない。女性が胸をときめかせるのも当然だった。

それに彼自身には身分など関係なく人を惹きつける魅力があった。端整な顔立ちに、柔らかな物腰。下級の兵士たちにも分け隔てなく接する態度に、男女問わず心酔している者も多いと聞く。

そんな評判を耳にするたび、誇らしく思うのと同時にセヴィオスが遠くに行ってしまうようで胸が痛んだ。

ティアリスはセヴィオスに恋をしていた。

その恋がいつから始まったのかは分からない。最初からだった気もするし、母親の話を聞いてくれたあの時からだった気もする。おそらく最初に芽が出て、徐々に育っていったのだろう。

想いを自覚したのは、十四歳になった頃のことだった。

身体が女性らしく成長していくにつれ、ようやく心が成長に追いついたのか、ティアリスはセヴィオスを見るたび、触れられるたびに、胸がドキドキしたり、苦しくなったりする症状に見舞われていた。その症状はヨルクやカルヴィンなど他の男性に対してはまったく現れず、セヴィオスにだけだった。

『それは恋ですよ、ティアリス様。ティアリス様は若様に恋しているのです』

ユーファに相談して、自分の感じているものが恋だったとようやく自覚した。けれど、自覚すると同時に叶わぬ想いであることを悟ってしまった。

大国の第四王子と弱小国の王女。結ばれるには身分に差がありすぎた。一見王子と王女でつり合いは取れているものの、そこには大きな隔たりがあるのをティアリスは知っている。これから元帥として輝かしい未来が待っているセヴィオスには、娶っても何の得にもならないティアリスはふさわしくないのだ。

それが分かるくらいの知識はティアリスにもあった。だからこの想いに蓋をして諦めようとした。けれど当のセヴィオスがそれを許さなかった。

「ティアリス……」

顎《あご》を掬《すく》い取られ、上を向いたティアリスにセヴィオスの顔が覆いかぶさってくる。ティアリスは目を閉じて唇を開いた。

吐息が唇を撫でる。次の瞬間、温かな唇がティアリスの口に重なった。

「んっ……」

開いた唇の間から舌が入り込み、ティアリスの舌と重なり、絡み合う。ちゅぷっと濡れた音が合わさった唇から漏れる。

「ふぁ……ん、ぁ」

ざらざらとした舌先に敏感な上顎の部分を撫でられて、ぞくりと背筋が震えた。

「これが好き？」

顔をあげてセヴィオスが問う。ティアリスが頷く間もなく再び唇が重なり、濃厚なキスがさらに深くなる。やがてセヴィオスが口を離した時にはティアリスは息も絶え絶えで、ぐったりと力なくセヴィオスに寄りかかっていた。

セヴィオスはそんなティアリスの額や目じり、鼻、頬など顔中にキスを降らせたあと、顎から喉元に向かって唇を走らせる。深い襟ぐりから覗く胸元に軽く吸いつかれて、その感触にティアリスの肌が粟立った。

「セヴィオス、様……、あ、っ、ん、ここ、外で……だ、誰かに、見られたらっ……」

「大丈夫、人払いはしてあるし、僕らの邪魔するような野暮《やぼ》な奴はいない」

ティアリスの滑らかな首筋に舌を這わせながらセヴィオスが囁く。

「で、でも……」

「半月もティアリスに触れていないんだ。この半月あまり男ばかりに囲まれて潤いのない生活をしていた僕を哀れだと思うなら、君を補充させて欲しい」

言いながらセヴィオスはティアリスの背中に手を滑らせ、ドレスのボタンを次から次へと外していく。あっという間に腰の部分まで外されて、支えを失ったドレスはセヴィオスの手によって簡単に腰まで引き下げられてしまう。

シュミーズドレスなので、コルセットは身に着けていない。ドレスの下も肩紐で支えられた下着しか身に着けていなかった。

セヴィオスの指が肩紐にかかるのを感じて、ティアリスは声をあげる。

「あ……セヴィオス様……だめ……」

止める声は小さく、自分の耳にもまるで誘っているようにしか聞こえなかった。肩紐が肩から外され、するっと腰まで落ちていく。

繊細なレースに隠されていた胸の膨らみがむき出しになり、外気に晒される。ピンクの先端が急速に尖っていくのが分かって恥ずかしさのあまり手で隠そうとしたが、セヴィオスの手がいち早くそれを阻んだ。

「だめだよ、隠すのはなしだ。ちゃんとティアリスの綺麗な胸を見せて？」

「あ、ん、セヴィオス様……私……」

黒い瞳にじっと見つめられて、肌がざわめいた。胸の先端がさらに硬くなり、熱を帯びていく。雪のように真っ白な肌はピンク色に染まり、胸の尖りの周囲も色を増していた。

――まだ、胸には指一本だって触れられていないのに。

ドロワーズの下の秘められた場所も潤み始めていた。下腹部が熱くなり、そこからじわりと蜜が零れていく。

視線だけで、官能を揺さぶられてしまう。どこもかしこも敏感になり、呼吸に合わせて揺れる膨らみはセヴィオスに触れられるのを今か今かと待っている。

「綺麗だ……」

熱のこもった吐息が頬をくすぐった。

「あ……」

脇の下から伸びた手が掬うようにティアリスの膨らみを押し上げる。柔らかな肉は、大きくて少し骨ばった手の内で思うままに形を変えられ、むず痒《がゆ》いような疼きを下腹部にもたらしていく。

自分の胸がイヤらしく見えて恥ずかしいのと同時にもっと触って欲しいとも思う。特に先端に。けれど、セヴィオスの手は巧みに疼く先端を避けていた。

「んっ、あ、セヴィオス、様ぁ……」

唇から零れて落ちる声が艶を増し、ねだるような響きを帯びた。快感を覚えた身体は、その先を求めてじわじわと熱を孕んでいく。

たまらなくなって、再び懇願をしようとしたその時、セヴィオスが頭を下げて胸の膨らみに口づける。と同時に胸を弄っていた指が尖った先端を捕らえ、キュッと擦った。

「ああっ……！」

背筋を快感が通り抜け、ティアリスの唇から嬌声《きょうせい》がほとばしる。下腹部がキュンと疼いて奥からトロリと蜜が零れ落ちていく。

「相変わらずどこもかしこも敏感だね、ティアリスは」

ティアリスの胸を食みながらセヴィオスが笑った。

二人がこういう関係になったのは七か月前、ティアリスが十六歳の誕生日を迎えてからだ。

ブラーゼンの王侯貴族たちは十六歳になると社交界に出入りできるようになる。つまり

十六歳の区切りを以て大人として扱うのが慣例になっており、セヴィオスはそれに倣いティアリスに求婚した。

「ティアリス、まだ先の話だけど、いつか誰にも文句を言わせない地位を得たら、君を妻に迎えたい」

その言葉を聞いてティアリスは一瞬喜びに震え、その直後に悲しみに胸を塞がれた。

かつてのような「冷遇されている変わり者の第四王子」と「人質の弱小国の王女」だったら、まだかろうじて許されたかもしれない。そしてあの当時の無知なままのティアリスだったら喜んでその求婚を受けていただろう。けれど無知だった子どもは現実を知ってしまった。

今のセヴィオスは軍の元帥という重要な地位にある身だ。もう冷遇されている第四王子ではないのだ。ヨルクによれば、彼のもとへは次から次へと縁談が持ち込まれていると言う。セヴィオスは全部断っているが、縁談の相手の中にはブラーゼンで有力な貴族の令嬢も何人か含まれていて、彼女たちを妃に、あるいは側室に迎えることができればセヴィオスの地位は安定する。政治的発言権も増すだろう。

弱小国の王女を娶ってもセヴィオスに利点はない。辛いがこれが現実だった。

「私は……セヴィオス様にふさわしくありません」

かろうじてそう答えたが、セヴィオスは笑って一蹴した。

「誰が自分にふさわしいか、決めるのは僕自身だよ。それに今すぐというわけじゃない。

まだまだ片づけなければならないことがあるからね」

　求婚のことは先送りとなった。いや、セヴィオス自身は保留と思っていないのかもしれない。彼はティアリスを婚約者として扱い、周囲も彼女をセヴィオスの未来の花嫁として扱うようになった。セヴィオスの将来のことを考えたらきっぱり断らなければならないのに、ティアリスはそれ以上何も言えないでいる。

　セヴィオスの傍にいたかった。それに、セヴィオスから見捨てられてしまえば、ティアリスはまた一人ぼっちになってしまう。

　――なんて私は醜いのだろう。

　自分のためにセヴィオスの手を離せない自分は、卑怯だ。それでもティアリスはできるだけセヴィオスの傍にいたかった。

　婚約したなら当然と寝室に連れ込まれ、深いキスをされ、ドレスを脱がされてむき出しの乳房や両脚の付け根に触れられても、拒否しなかった。いや、むしろ自分から触れられることを望んだ。セヴィオスを得られないのなら、せめて身体だけでも捧げたかった。それだけがティアリスが持っている唯一のものだったからだ。

　けれど結局最後の一線は越えなかった。ティアリスが拒んだわけではなく、セヴィオスが「結婚するまでは純潔は守る」と決心していたからだ。

「曲がりなりにも王子だからね。ブラーゼンでは王族の伴侶は純潔でなければならない決まりがある。側室や妾はその限りではないけれど、正妃にするにはちゃんと手順を踏まないとね」

　それを聞いてティアリスは側室や妾ならあるいは傍にいられるのではと考えた。けれどその考えをセヴィオス自身に否定されてしまった。

「僕は妃は一人しか娶るつもりはない。妻は生涯一人だけ……つまり君だけだ」

　その言葉を聞いてティアリスの心は喜びと悲しみ、相反する二つの感情で引き裂かれた。セヴィオスはティアリス《妻》一人だけだと言った。けれど、ティアリスがその妻になることはないのだ――と。

「やっ、あ……んっ、ふぁ……」

　むき出しの首筋をセヴィオスの唇が這う。髪の毛が肌に触れてこそばゆい。色づいた胸の先端をこりこりと指で捏ねられ、ティアリスはぶるっと身体を震わせた。両脚の付け根では、ドロワーズの中に潜り込んだセヴィオスの指がくちゅくちゅと濡れた音を奏でながら蜜壺を出入りしている。

「ひゃぁ、んっ、っぁああ！」

　中に差し込まれた指にお腹側の感じる場所を擦られ、ティアリスは背中を反らせて甘い悲鳴を放った。奥からとぷっと蜜が零れ、セヴィオスの指と、すでに下着として役に立たなくなっているドロワーズを濡らす。太ももまで露わになった足がびくびくと痙攣《けいれん》した。

「はぁ、っん、あ、……あ、っ……」

セヴィオスに片手で抱きかかえられ、快感の余韻に身体を痙攣させているティアリスの姿はとんでもない有様になっていた。上半身は何も纏わず、ドレスのスカートも腰までまくれ上がり、ドロワーズに包まれた太ももまで日のもとに晒している。

それはひどく淫らな姿だった。誰かが庭を覗き込んだら、すぐに二人が何をしているか分かるだろう。けれど、ティアリスは自分が今どういう場所で醜態《しゅうたい》を晒しているのか、もうすでに頭にない。乳房と秘所と、弱い部分を同時に責められて、快感を貪ることしか考えられなくなっていた。

「あっ、んんっ、セヴィオス、様っ……！」

確かに一線は越えておらず、ティアリスは純潔を保っている。けれど、その身体はすでに快楽を教え込まれ、悦楽に従順で、とても無垢とは言いがたいものとなっていた。

蜜壺を犯す二本の指の動きに合わせて無意識に揺れる腰や、指を締めつけて離そうとしない媚肉がそれを物語っていた。

「セヴィオス様、セヴィオス様……！　私……」

ティアリスは切羽詰まったような、けれどどこか甘えを含んだ声でセヴィオスを呼んだ。

「ティアリス、イきたいのかい？」

耳朶を食みながらセヴィオスが尋ねる。ティアリスはコクコクと頷いた。

「いいよ。イきなさい」

セヴィオスはくすっと笑い、二本の指を食ませている場所から少し上にある陰核を親指でぐりっと潰した。そこは胸や蜜壺より敏感な場所で、ティアリスがもっとも弱い場所だった。ほんの少し触れられただけで達してしまうのだ。そこを濡れた指でいきなり刺激されて、耐えられるはずがなかった。

目の前が真っ白に染まり、白い波が押し寄せ、何もかもを押し流していく。

急速に追い上げられ、ティアリスはあっけなく絶頂に達した。

「あっ、いやぁぁ、そこはだ……ああ、あああぁ！」

ティアリスは庭中に響き渡るような高い嬌声を放ちながら、セヴィオスの腕の中で背中と頤《おとがい》を反らした。

手を止めたセヴィオスは、それを悦に入りながら見おろす。

「あっ、んぁ……はぁ、ん……」

びくんびくんと何度も身体を引きつらせながら、ティアリスはさざ波のように全身を巡る快感と絶頂の余韻に酔いしれた。

「可愛いね、ティアリスは」

チュと音を立てて、ティアリスの汗ばむ額にキスを落とすと、セヴィオスはゆっくりと指を蜜壺から引き抜いていく。

「あ……ぁん……」

悩ましげな声がティアリスの口から零れる。敏感になった身体は抜かれる感触さえも快感として拾ってしまうのだった。

やがて荒い息を整えたティアリスは心地よい疲労感に身を任せる。絶頂の余韻はなおもしつこく残っているが、それよりも手足が妙に重たく感じられた。

ぼんやり上を見上げると、木の葉の間から差し込む光が目に眩しい。目を刺激する光から、そして現実から目を背けるようにティアリスは目を閉じた。

――傍にいたいと願っても、別れの時はきっとすぐそこまで来ている。

どんなに願おうと、望みは叶わない。奇跡は起きない。ティアリスはそれを誰よりもよく分かっていた。

閉じた瞼《まぶた》からすっと涙が零れるのを感じながら、ティアリスは急速に襲い掛かってくる闇のベールに身をゆだねた。


眠るように意識を失ったティアリスをしばらくの間見おろしていたセヴィオスは、ほぅっと悩ましげなため息をつく。彼自身の欲望は解放されておらず、今もなお身体の中に熱がくすぶり続けている。それを押し殺しながら、乱れたドレスを整えるのはかなり根気のいる作業だった。

シュミーズとドレスを引き上げ、赤い鬱血の痕が残る膨らみを覆い隠して背中のボタンを留める。ドロワーズを元に戻しスカートの乱れを整えると、先ほどまでの行為の跡はすっかり消えていた。

セヴィオスは頭を下げ、頬に残る涙の跡を唇でぬぐうと、しっかりと腕に抱き寄せて、腕の中のティアリスの柔らかな感触を堪能する。その視線がふとティアリスの右腕に向かった。以前は赤く痕になっていた火傷は今ではほとんど目立たなくなっている。

――この火傷の痕のように、彼女の中からロニオンという重石を消し去ってやれたらいいのに。

そんなことを考えていると、屋敷の方からヨルクがやってくることに気づき、セヴィオスは顔をあげた。

「どうした？　もう時間か？」

「はい。そろそろティアリス様を戻さないと。着替えをする時間も必要でしょうし。……あと、また色々動きがあったようなので、のちほどご報告いたします。面白いことになりそうですよ」

「そうか。……ティアリス、起きて」

腕を揺するとティアリスはそっと目を開け、身じろぎをした。寝起きでここがどこだかすぐに分からなかったようだが、すぐに気づき、ハッとして身を起こした。

「ご、ごめんなさい！」

「ティアリス様、そろそろ時間ですよ。早く戻らないとユーファが乗り込んできます」

「そ、そうね。私、戻ります」

ティアリスは慌てて立ち上がったが、つい先ほどまでしていた行為のせいで身体に力が入らず、少し動作がぎこちない。そんなことにもセヴィオスは悦に入ってしまうのだった。

「穴まで送ろうか？」

「だ、大丈夫です。それではセヴィオス様、ヨルク、お先に失礼します」

頬を赤く染めてティアリスは言うと、ヨタヨタと歩きながら壁に向かった。その姿が壁の向こうに消えたとたん、ヨルクは揶揄とも非難ともつかない目をセヴィオスに向けた。

「盛り過ぎじゃないですかね。出るに出られませんでしたよ。それに、せっかく結った髪を台無しにされたユーファが怒り狂う様子が目に浮かびます。もちろん怒りの矛先はティアリス様じゃなくて殿下ですがね」

その言葉のとおり、壁の向こうではティアリスの姿を見てユーファが「せっかく編み込んだ髪がぁ！」と絶叫していたのだが、髪を乱した犯人であるセヴィオスはどこ吹く風だ。

「また結い直せばいいじゃないか」

「そういう問題ではないような……。まぁ、いいでしょう。報告を始めます」

ヨルクはわざとらしくため息をついてから、急に真面目な顔つきになった。

「殿下が視察に行っている間に、こちらの準備はすませておきました。思った通り、王女を巡って争いが白熱しております」

いつもはセヴィオスに付き添っているヨルクだったが、今回の視察では気になる動きがあったので、情報収集のために宮殿に残った。その甲斐があってヨルク曰く「面白いことになった」ようだ。

先日人質として新たに同盟関係になった国から王女が送られてきた。その国の法律で王は男児しかなれないことが決まっているのだが、現在の王には王女しかおらず、その王女が産んだ男児が王太子になれる可能性が高かったのだ。これを好機と見た第一王子と第二王子の間の王女争奪戦が、ここ半月の間にすっかり激化していたのだ。

「おや、第三王子はどうした？」

「早々に脱落です。どうやら王女の好みではなかったようで」

第三王子は大柄で粗野《そや》で乱暴者だった。品のよい優男が好みだった王女は、第三王子には目もくれなかったという。

「ナダの王女の時は三人とも互いに牽制し合って膠着《こうちゃく》した状態が続きましたが、今回は二人。互いに相手より一歩先んじようと、彼らの支持者の貴族を巻き込んで熾烈《しれつ》な争いになっております。……そう、死者が出るほどに」

「それはそれは」

「直接第一王子と第二王子がやりあう場面も増えてきましたので、互いに護衛の騎士たちを増やして備えているそうです」

そこまで言ってヨルクがにやりと笑う。

「そこで殿下の指示どおり、第一王子と第二王子の護衛騎士たちの中にこちらの手の者を送り込んでおきました。衝突の騒ぎに紛れて王子方にはうっかり怪我をしてもらうことになっております」

「上々だ」

　セヴィオスの口元に笑みが浮かぶ。ティアリスに向けるものとは違う、美しくも冷酷な笑みだった。

「うまくいけばこちらの手を汚さず異母兄《あにうえ》たちを一度に始末することができるね」

「はい。種を蒔《ま》いて刈り取るのは我々の得意分野です」

「ああ。異母兄たちはどんな種を芽吹かせるのか楽しみだ」

　くすくすと楽しげに笑うと、セヴィオスはヨルクを見上げた。

「それで、ヨルク、他に何か面白い情報はあったかい？」

「ありましたとも、むしろこちらの方が本命です。……陛下は次に北征をするおつもりのようですよ」

　誰も聞いている者はいないにもかかわらず、ヨルクは声を落とし意味ありげにセヴィオスを見つめる。セヴィオスの目が大きく見開かれた。

「何だと？」

「アザルス帝国が恭順《きょうじゅん》も同盟も拒んだのです。陛下はとてもお怒りで、これを機にアザルス帝国を落とすおつもりのようです」

　アザルス帝国はロニオンより北に位置する大きな国だ。かつての力はもうないが、強国としての誇りが高く、ずっとブラーゼンとの同盟を拒み続けている。ブラーゼンにとって同盟は恭順の意味を持っていることをよく分かっているからだろう。今までのブラーゼンのやり方を見てアザルス帝国がそう考えるのも無理はなかった。

「そうか。ようやくか」

くっくっくっとセヴィオスが急に笑い出す。

「およそ五年もの間、この時をずっと待っていた。先に東征があるかと思っていたけれど、早ければ早い方がいい。そうだろう」

「はい。その通りです、殿下」

聖王の目的はアザルス帝国だが、セヴィオスとヨルクの関心はアザルス帝国にはなかった。彼らの目的はただ一つ——ロニオンだ。

セヴィオスは立ち上がると晴れやかに笑った。

「忙しくなるよ、ヨルク。さっそく準備を始めなければ」

＊＊＊

「北征……ですって？」

ユーファの言葉にティアリスは驚いて振り返る。

「はい。陛下がブラーゼン軍にアザルス帝国の征伐《せいばつ》を指示したそうです。一両日中に遠征軍が組織されて準備が整いしだい出発するようだ、と……」

ティアリスは息を呑んだ。隔絶された後宮で引きこもっているために、世の中の流れに疎いことは自覚しているが、まさかそんなことになっているとは夢にも思っていなかった。

「後宮に勤める侍女たちや王女様方の間では今その話で持ちきりです。しばらく落ち着かないでしょうね」

「ねぇ、ユーファ、もしやその北征の指揮を執《と》るのは……」

「ええ。若様です。若様が総大将として行かれるそうです」

「やっぱり、そうなのね……」

ぎゅっと両手を握り締め、ティアリスは唇を噛む。

セヴィオスが遠征に行くたびに、彼が命を落とすことになるのではないか、命の心配はなくても怪我をするのではないか、辛い目に遭《あ》うのではないかと心配でたまらなくなる。できれば戦争などない方がいいのに、聖王は戦いをやめようとしない。

この五年間だけでも敵対する国はもちろん、同盟関係にあってもブラーゼンのやり方に反発した国を滅ぼしている。ティアリスや後宮に集められた王女たちが一番衝撃を受けたのがナダ国との戦いだった。

ブラーゼンと同盟関係にある国の中でもナダは領土や規模も一、二を争うほど大きな国だった。ただ、だからこそ、同盟と言いながらも属国のような扱いをするブラーゼンへの反発は大きかったようだ。詳しい事情は引きこもるティアリスには分からないが、ナダの国内で、ブラーゼンとの同盟を破棄して挙兵する動きがあり、いち早くそれを察した聖王はナダへの侵攻を命じた。

　両軍が戦ったのはナダの地だった。その戦いでブラーゼン軍を指揮したのが、将軍と軍に入って間もないセヴィオスだ。彼は王族として参加し、地の利では劣る戦いを勝利に導いた。

　ティアリスはもちろんセヴィオスの無事を願い、彼の勝利に喜んだが、ナダとの戦いはとても後味が悪いものになった。戦争が起こるまで後宮では、ナダの王女が自国の権力を背景に権勢を誇っていた。ところが戦争になり、その果てにナダは亡国となってしまったのだ。命こそ奪われなかったものの、帰る場所のない王女は今でも後宮の一室でひっそりと暮らしている。かつて後宮で権勢を誇っていた姿はもうそこになかった。

　ナダの王女の零落ぶりをいい気味だと笑っている王女もいたが、その一件は後宮の王女たちに大きな衝撃を与えることになった。明日はわが身かもしれないのだ。そしてその恐れどおり、ナダ国と友好関係にあった国とは緊張状態となり、その後続いた南征と西征で、同盟国のいくつかが地図上から消えた。

　北征の話を聞いて、後宮内がざわつくのも無理はなかった。

「そういえば、アザルス帝国はティアリス様のお国とは近いのですよね？」

　ユーファの質問にティアリスは少し驚きながら頷いた。北征と聞いていたのに、今の今までロニオンのことなど思い出しもしなかったからだ。

「ええ。寒いロニオンよりさらに北にある国なの。……ねえ、ユーファ、心配だわ。ブラーゼンは南方の国だからあまりにも北とは気候が違いすぎるもの。そんな遠い地で戦うのは不利にはならないかしら？」

　雪に閉ざされた山は天然の要塞だ。ただでさえ慣れない土地なのに、自然がブラーゼン軍の前に立ちはだかるだろう。今までの南征、西征とは条件が違いすぎる。

「大丈夫ですよ、ティアリス様。あの若様ですもの。アザルス帝国の地形や気候についてとっくに熟知しております」

　心配げなティアリスにユーファが力強く慰める。彼女はセヴィオスの勝利を少しも疑っていないようだ。

「そうね……そうよね。私よりロニオンに詳しいセヴィオス様のことだもの。きっと大丈夫よね」

　自分に言い聞かせるようにティアリスは呟いた。

　それからしばらくの間、セヴィオスは準備に忙しいらしく庭に出てこられず会えない日々が続いた。ようやく会えたのは、いよいよ北方遠征軍が出発する前日のことだった。

「ティアリス、行ってくるよ」

「セヴィオス様、お気をつけて。無事に……必ず無事に戻ってきてください」

　大木の前で二人は互いの背中に手を回し、抱き合った。まるで互いの体温を分け合うかのように。

「大丈夫。勝って必ず戻ってくるから。僕が遠征に行っている間のことはユーファに頼んである。君は何も心配することはないからね。いつものように過ごしてくれればいい」

「私が心配なのは、セヴィオス様のことだけです」

できればセヴィオスに行って欲しくなかった。けれど王子としてセヴィオスが行かなければならないことも分かっていた。止めることはできない。ティアリスにできるのは、無事を祈ることだけだ。

「毎日祈っています。どうか、どうかご無事で……」

「ああ」

二人はそっと唇を合わせた。しばらくすると、セヴィオスが顔をあげ、ティアリスに尋ねた。

「ティアリス……。君はロニオンに帰りたくはないかい？」

「え……？」

思いもよらないことを聞かれて、ティアリスは驚いてセヴィオスを見上げた。彼は真剣な眼差しで彼女を見ていた。

「故郷に帰りたくはならない？　もし君が望むなら、ロニオンに返してあげる」

「な、なぜ、そんなことを……？」

「君は異母姉の代わりに無理やりブラーゼンに送られた。でもロニオンほど小さな国なら人質を取っている必要ももうないだろう。今なら僕にも君一人くらいなら返してあげられる力がある。君が望むなら、故郷に帰してあげられる」

「ロニオンに……帰る？」

ティアリスの頭の中にパムの顔と母親の顔が浮かんだ。次に浮かんだのは父王の顔だ。十一歳の誕生日に謁見の間で見た父王の姿が、そして王妃とファランティーヌの顔が浮かんで頭の中をぐるぐると回った。ティアリスは気づいたら叫んでいた。

「い、嫌です！　王女として間違っているのは分かっています。でも、このままここに、この国に、どうかセヴィオス様のお傍にいさせてください……！」

人々の蔑みの顔。ファランティーヌに叩かれた頰の痛み。庭の片隅にぽつんと建っている母親の小さな墓——ロニオンの城で過ごした日々を思い出し、ティアリスの胸が締めつけられるように苦しくなった。

「ティアリス……」

「私の大切な場所はロニオンでなくここなのです。ロニオンはもう私には必要のない場所です！」

言ったとたん、セヴィオスの顔に嬉しそうな笑みが浮かんだ。

「ティアリス、君にとってもうロニオンは必要ない？　僕の傍がいい？」

「はい。セヴィオス様のお傍にいたいです」

ティアリスはセヴィオスの胸に顔をうずめた。

「セヴィオス様と一緒にいる今が幸せなのです。王女として国や国民は大切だと思う気持ちはありますが、あの国で乳母のパムと亡きお母様以外に大切なものはありません。お父様たちにも……もう二度と会いたくない。王妃様にもファランティーヌにも。もう私とは関係のない人たちです」

ロニオンに返されたくない一心だった。けれど、これもティアリスの偽らざる気持ちだ。

ロニオンの思い出は辛いことばかりだった。ブラーゼンに来たばかりの頃はともかく、今ではもう戻りたいとは思えない。

「分かったよ、ティアリス。君の望みは何でも叶えよう」

ティアリスの頭のてっぺんにキスを落としてセヴィオスが囁く。

「もう永遠にロニオンには返さない」

セヴィオスの胸に顔をうずめたままのティアリスは、その時彼がどんな顔をしてその言葉を呟いていたのか知る由もなかった。

自分の言葉が一国の運命を決めてしまったことも――。


次の日、セヴィオス率いる北方遠征軍はブラーゼンを出発した。

遠征軍はブラーゼン領の最北端に向かい、そこから北にある同盟国を通ってアザルス帝国へと侵攻する予定だという。大陸の南側に位置するブラーゼンからはかなり距離があり、大軍が往復するだけでもかなり日数がかかる。

――今頃、セヴィオス様はどのあたりかしら？

ユーファのおかげで外部の情報も耳にすることができるとはいえ、前線から入ってくる報告は多くはない。セヴィオスや彼に従軍しているヨルクがどうしているか詳しく知ることはできないのだ。

ティアリスにできることは毎日北の方角に向かって彼らの無事を祈ることだけだった。

セヴィオスたちが出征して一か月ほど経った頃、ようやくティアリスのもとへその情報が届いた。

「どうやら若様たちは順調に経由地である同盟国に到着したそうですよ。ここからいよいよアザルス帝国への進撃ですね」

「よかった」

セヴィオスもヨルクも怪我なく元気でいるらしい。ティアリスはその一報にホッと安堵の息をついた。

——ブラーゼンで大事件が起こったのは、そのすぐ直後のことだった。

第一王子と第二王子がとある国の王女を巡って決闘し、二人とも亡くなってしまったのだ。

「まさか、若様がいない時にこんなことが起こるなんて……」

きっかけは王女の妊娠が発覚したことだった。第一王子と第二王子は互いに自分の子どもだと譲らず、決闘で勝負を決めることになったのだ。

「護衛の者たちが止めるのも聞かずに決闘を始めたそうです。まぁ、まさかご自分が怪我がもとで亡くなるとは思っていなかったんでしょうね。刺し違える形で互いに深手を負ってしまったそうです。現場は血の海だったそうですよ」

「なんてこと……」

二人とも王位にもっとも近かっただけに、ブラーゼン中で大騒ぎになった。二人の陣営は互いに相手のせいだと罵り合ったが、要の王子本人が亡くなってしまったのではどうしようもなかった。第一王子派、第二王子派ともに勢力を失っていき、その代わりに一気に表舞台に躍り出たのは第三王子だ。

「これで王太子……次の聖王は第三王子に決定かしら」

けれど聖王は第三王子を王太子に任命することはなかった。

「陛下は若様が遠征から戻られるのを待っているのかもしれませんね。若様だって王子ですもの」

「……そうね……」

ユーファの言葉に、セヴィオスが王太子になる可能性もあることに思い至って、ティアリスはお腹の奥が冷たくなるのを感じた。

──もしセヴィオス様が王太子になれば……ますます私などには手の届かない人になってしまう。

母親の身分が低く後見人もいないことから、セヴィオスは王太子になることはないと思われていた。けれど、彼は今や軍の元帥の地位についているし、実績もある。第一王子派と第二王子派だった貴族たちが第三王子ではなくセヴィオスを推すようになれば、王太子になることも可能だろう。

けれど正直に言えばティアリスはセヴィオスに王太子になって欲しくなかった。自分だけの王子でいて欲しかった。

――ひどい人間ね、私は。粗野な第三王子よりセヴィオス様の方が王太子にふさわしい し、国のためにはその方がよっぽどいいと分かっているのに。

それでも願ってしまう。

――ずっとずっと傍にいたいと。

そんなことを考えていたせいか、それとも後宮に流れる落ち着かない空気のせいか、ティアリスはその夜、夢でうなされた。

薄暗い中、目を覚ましたティアリスは、ハッとして起き上がる。一瞬暗くてどこにいるのか分からず混乱しかけたが、カーテンの隙間から差す薄暗い光の中、かろうじて見えるいつもの自室の光景に安堵の息を吐いた。

目を覚ました瞬間、何の夢だったか忘れてしまったが、なぜか血の匂いが漂っていたのはぼんやりと覚えている。

今も血の匂いが自分にまとわりついている気がして、ティアリスは頭を振って気持ちを切り替えると、そっとベッドから抜け出した。

カーテンを開けて外を覗き込むと、遠くの空が明るくなりかけていた。まだ夜が明けたばかりのようだ。ユーファが起こしにくるにはまだまだ間がある。

ベッドに戻る気にはなれなくて、ティアリスはテラスに向かった。薄暗い中ガラス戸を開けてテラスに出ると、ティアリスは深呼吸した。朝の涼しい空気を体内に取り入れると、気分がすっとよくなった。

「北は……こっちね」

ティアリスは両手を胸の前で組み、北側の空に向かって祈った。

「どうか、セヴィオス様が無事で戻られますように」

一か月後、ブラーゼンにアザルス帝国制圧の報《ほう》が届いた。

それからさらに二か月、セヴィオス率いる北方遠征軍はブラーゼンに凱旋した。

「ただいま、ティアリス」

「お帰りなさい、セヴィオス様。ご無事でよかった……！」

木の下で二人は再会を喜び、抱き合う。

「必ず戻ると言っただろう？　それより遅くなってすまない。君の誕生日に間に合わなかった」

セヴィオスが北征に行っている四か月の間にティアリスは十七歳の誕生日を迎えていた。誕生日には、セヴィオスの庭でユーファやすっかり馴染みになっている彼の使用人たちに祝ってもらったが、やはりセヴィオスとヨルクがいないのは寂しかった。

「いいえ、いいのです。無事に戻ってくれただけで。それに、誕生日なら一年待てばまたやってきますもの」

セヴィオスは健気に言うティアリスの頭のてっぺんにキスを落とした。

「十八歳の誕生日には必ずいるから、一緒に祝おう」

「はい……！」

二人は頬を寄せ合い、長いキスを交わした。

帰国直後は色々と忙しかったセヴィオスも、次第に事後処理も落ち着いてきて、いつもの日常を取り戻していった。庭で逢い引きをし、肌を寄せ合い、取り戻した平和を享受する。ティアリスはセヴィオスがいる日々の幸せを嚙みしめていた。

――このまま、ずっと、このままで。


けれど、いつだってティアリスの願いは叶わない。

北征を成功させて凱旋して以来、セヴィオスの周囲は騒がしくなっていた。彼を王太子へと推す声が多くなってきていたのだ。第三王子たちが危惧していたように、第一王子派と第二王子派だった貴族の多くがセヴィオス支持へと傾いていた。

加えて、戦に出れば必ず勝利を勝ち取るセヴィオスは国民にも人気が高く、軍部内の信頼も厚い。唯一の欠点が母親の身分の低さだが、これだけ支持を集めたらそのうちそれも問題ではなくなるだろう。

焦った第三王子とその母親は聖王に早く王太子に指名して欲しいとせっついたが、王は頷かなかった。聖王は今度は第三王子とセヴィオスを競わせて楽しむつもりなのだ。ならばとセヴィオスの暗殺を謀ったものの、屈強な兵士たちに守られている彼を害するのは難しく、ことごとく失敗していた。

すぐ目の前にある王太子の座に届かず歯がゆい思いをしていた第三王子に軍のとある将校が近づいたのは、そんな頃だった。

彼らは第三王子を唆した――王を誅《ちゅう》しなければ次の王は間違いなく第四王子だと。

「争い好きの聖王は戦に長けた第四王子を王太子にして拡大路線を続けさせるつもりのようです。あなたの立太子を渋るのも、そのせい。第四王子への支持を盤石《ばんじゃく》にするために東征を成功させて、満を持して彼を王太子に指名するのでしょう。今なら間に合います。東征が始まる前に王を殺しましょう。そうすれば、あなたが聖王です」

「だ、だが、聖王を殺したら死罪になるぞ?」

「大丈夫です。我々に任せてください。殺害の場面を誰にも見られなければいいのです。陛下の護衛兵は我々が遠ざけます。その間に――」

焦りが判断を鈍らせたのか、第三王子は次の日の昼、朝議を終えて自室に戻ってきた聖王を訪ねた。たびたび立太子への陳情《ちんじょう》をしていたから、彼は疑われることなくすんなり部屋の中へと通された。

聖王の侍従は用事を言いつけてすでに遠ざけてある。部屋の外には護衛の兵がいるが、内側には聖王だけしかいない。手はずどおりなら外の護衛兵は「彼ら」が遠ざけてくれているはずだ。第三王子は隠していたナイフですばやく父親である聖王の心臓を一突きした。

「あんたが俺を王太子に指名しないのがいけないいんだ！」

刺された聖王は床に倒れながらも声をあげた。

「この……愚か者が！」

「愚か者はどっちだ！　もうあんたの遊びに付き合うのはこりごりだ！」

第三王子は聖王に馬乗りになり、再び刺そうとした。その次の瞬間、異変に気づいた護衛兵たちが飛び込んできた。

「なっ……」

――護衛兵は遠ざけていたはずではないのか!?

「陛下！」

状況をすばやく見て取った護衛兵たちは剣を抜いた。

「ま、待て……！　これは！」

第三王子は慌てたが、聖王に馬乗りになり、血に染まったナイフを手にして返り血を浴びた状態では言い逃れはできなかった。第三王子はその場で護衛兵に切られて絶命した。

護衛兵たちはすぐさま聖王を救出し、医者を呼んだが心臓を深く傷つけられていて、もう手の施しようがなかった。

セヴィオスのもとへその一報が届いたのは、ティアリスと庭にいる時だった。

「殿下！　セヴィオス殿下！」

珍しくヨルクが慌てたように走ってくる。それを見てセヴィオスは笑った。

「どうした？　ヨルク。お前がそんなふうに焦っているなんて珍し……」

「陛下が第三王子殿下に刺されたそうです！」

言葉を遮ってヨルクが言う。

「え!?」

ティアリスは驚きのあまり口を開けた。その隣でセヴィオスも言葉を失っている。

「な、なぜ？　どうして第三王子殿下が、陛下を？」

「第三王子殿下は最近よく陛下のところに立太子の陳情に行っていたそうです。かなり焦っていたようなので、そのことでもしかしたらカッとなったのかもしれません。今、本宮殿では大騒ぎになっております。殿下も急いで主居館に行ってください」

セヴィオスは頷くと、立ち上がりながら尋ねた。

「それで父上は？　傷は深いのか？」

「刺されて間もなく亡くなられました。心臓が傷つき、出血もひどく、医者も手の施しようがなかったそうです」

ティアリスは息を呑んだ。今聞いたことが信じられなかった。

——聖王陛下が亡くなった……？　では……次の王は……。

ヨルクは立ち尽くすセヴィオスの前に片膝をついて頭を垂れた。

「セヴィオス殿下……いえ、セヴィオス陛下」

呆然と座り込んだままティアリスは目の前の状況を見つめる。

「今日からあなたが聖王陛下です。セヴィオス様」

——セヴィオス様が聖王になる。

ずっと一緒にいたかった。もう少し時間があると思っていた。

でもいつだってティアリスの願いは叶わない。

別れの予感に、ティアリスの胸は悲しみでいっぱいになった。

第4章　聖王妃

「まさか王太子すっとばしてうちの若様が聖王になるとは夢にも思いませんでしたわ。あの他人に無関心で自分の興味があること以外基本どうでもよくて、歪みまくっているうちの若様が」

ユーファがこの三か月の間、折に触れて繰り返している言葉を口にする。

「そうね……」

ティアリスは刺繍の手を止めて、言葉少なに答えた。そんなティアリスをユーファは心配そうに見つめる。ぼんやりしたり物思いにふけったりすることが多くなってきたことでユーファを心配させているのは分かっていたが、ティアリスにはどうしようもなかった。

何もやる気が起こらない。刺繍の続きをやろうと手に取ってはみたものの、集中できないでいた。

「ティアリス様。何も心配いりません。若様は忙しくてティアリス様と会う時間が取れないだけなのです。混乱の中聖王になって、色々後始末もしなければなりませんでしたし」

「……分かっているわ」

セヴィオスが聖王になってから三か月が経っていた。

その間、ティアリスがセヴィオスと顔を合わせたのはたった一回だけだ。もう壁の穴を通って向こうの庭に行っても、セヴィオスはいない。聖王の居住場所である主居館に越してしまったからだ。

彼がティアリスに会いにくる時間どころか寝る間もなく混乱を治めていることは彼女にも分かっている。何しろ前の聖王が息子である第三王子に刺殺されてしまったのだから。当時は大混乱だったし、その後始末が大変だったのは当然だろう。

まず聖王になったセヴィオスが行《おこな》ったのは第三王子の母親とその実家への処罰だった。殺害の犯人である第三王子はすでに死亡していたが、だからと言って彼を擁していた者たちを無罪放免とするわけにはいかないのだ。第三王子の母親とその実家である侯爵家の当主は聖王殺害の共謀者として死刑、家は断絶となった。その他、第三王子を擁していた主な貴族たちも、軽くて降格か領地没収、罪が重い者は領地と爵位剥奪の上、追放か牢獄へ送られることとなった。

彼らの処分が終わると、セヴィオスは前聖王が推し進めていた領土拡大路線の変更を宣言した。これからは戦争で領土を増やすのではなく、今ある領土の整備と運営を中心に推し進めていくと言ったのだ。これには前聖王のもとで政権を担っていた貴族たちから大きな反発があったが、反対に軍からは熱狂的に支持された。度重なる戦いと遠征は、兵たちに多大な負担をかけていた。そのため、軍内部でも前聖王に対する不満が噴出していたところだったのだ。

軍の支持が新聖王に向いていると知った貴族たちはセヴィオスに反抗できなくなった。その上、前聖王時代の財政が、軍備の増強や、征服した土地の維持運営に膨大な資金がかかり、領土拡大で得た利益よりも負担の方が大きかったことが表に出ては、路線変更に反対する声はほとんどなくなった。

またセヴィオスは後宮を解散し、同盟国から人質として集められた王女たちを段階的に国元へ戻すことも決めた。これには反対の声はあがらなかった。ブラーゼンにとってほとんど利がない上に、後宮を維持するにも莫大な資金がかかっていたからだ。

「方針転換が伝えられてからというもの、後宮の中も様変わりしましたよねぇ」

「……ええ」

早々に相手国との調整がついた王女たちは少しずつ帰国の途についている。まだ多くは残っていたが、いずれは国に帰れない事情のある者以外は祖国へ戻っていくだろう。

——私はどうなるのかしら？

ティアリスはぼんやり考える。ロニオンからの連絡はなかった。元々半年に一度くらいの頻度で儀礼的な手紙が届くだけだったし、ここ一年ほどはそれすら来ていない。

——いよいよ見捨てられたか、存在すら忘れ去られてしまったのかもしれないわね。

けれどティアリスはどうでもよかった。ロニオンに戻るつもりはないし、後宮が解散になったら、引き取ってもらえる修道院でも探して一生そこで神に仕えて生きていけばいい。誰にも期待しないし、何も望まない。すべてを諦めて受け入れる。そうやって生きてきた。これからもそうするだけのことだ。

「心配なさらずともティアリス様は大丈夫ですよ。若様……いえ、陛下だって迎えに来るって言っていたじゃありませんか！　問題を片づけたら必ずティアリス様を迎えにきます。絶対ですよ！」

ぼうっとしているティアリスを元気づけるためか、ユーファが明るく言う。心配をかけるのが心苦しくてティアリスは無理に微笑んだ。

「ありがとう、ユーファ。そうなるといいわね」

聖王になってから一度だけティアリスはセヴィオスと顔を合わせている。戴冠して間もない頃だ。ほんの少しだけ時間を作ってかつての屋敷に戻ってきた彼はティアリスにこう言ったのだ。

『もう少し待っててティアリス。色々片づけたら必ず迎えに来るから』

ティアリスは頷いたが、心の底ではその言葉を信じてはいなかった。今頃はセヴィオスには第四王子だった時以上に条件のよい縁談が山ほど来ているだろう。相手はきっと聖王にふさわしい身分と権力を持った女性たちだ。そしてセヴィオスも今頃はそういう女性でなければ聖王妃は務まらないと考えているに違いない。第四王子の妃と聖王妃では求められているものも役割もまったく違うのだから。

「ティアリス様……」

ユーファは顔を曇らせる。

「私は大丈夫よ、ユーファ」

この六年間の思い出と記憶があれば、きっと生きていける。ティアリスはそう思った。

「ティアリス様……」

さらに何かユーファが言いかけた時、外からチリンチリンと鈴を鳴らす音が聞こえた。来客を知らせる音だ。ティアリスとユーファは顔を見合わせる。今日は庭師のカルヴィンも家庭教師も来る予定はないはずだ。

「ちょっと失礼します」

扉の外へと向かったユーファは、しばらくすると慌てたように戻ってきた。

「大変です、ティアリス様！　若様が――いいえ、陛下がいらっしゃいます！」

「え？　あちらの庭に？」

「いえ、ここに――この後宮にです。今すぐにいらっしゃいます！」

「……この後宮に？」

ざわめきと大勢の人間がやってくる気配が扉を通して聞こえ始めたのはその直後だった。ティアリスは息を呑み、椅子から立ち上がる。扉の外でこれほどの人の気配がしたのは初めてのことだった。

――一体、何が？

「失礼いたします」

扉の外で声がした。聞き覚えのある声――ヨルクだ。返事をする前に扉が開かれて、ヨルクとセヴィオスが、そして彼らに続いて大勢の人たちが部屋に入ってくる。侍従と思われる人たちと護衛の兵たちだ。彼らの最後には女官長の姿もあった。

彼らはずらりとティアリスの前に並んだ。その中心にいるのはセヴィオスだ。彼の姿を見るのは数か月ぶりのことだった。以前より煌びやかな服を身に着けたセヴィオスは、威厳に満ち溢れている。

突然のことに声も出ないティアリスに、セヴィオスが微笑む。

「ティアリス。迎えにきたよ」

「迎え、に？」

「ようやく色々な問題が片づいたんだ。待たせてすまなかったね」

本当に迎えにくるとは思っていなかったティアリスは驚きを隠せなかった。その一方でセヴィオスがティアリスとの約束を守ってくれたことに嬉しさも感じていた。

「これで君を僕の妻に――聖王妃に迎えられる。おいでティアリス」

セヴィオスは立ち尽くすティアリスに手を差し伸べる。

――聖王妃。

その言葉にティアリスの心は沈んだ。

何も考えずただ心に従ってその手を取れたらどんなにいいだろうか。でも、ティアリスが生きているのは「そして二人は幸せに暮らしました」で終わるおとぎ話ではない。身分や立場によって左右されてしまう非情な世界だ。

ティアリスの脳裏にロニオンでの日々が蘇る。母親が庶民、それも歌姫だというだけでティアリスは下賤の血を引く王女、王家の血を汚したとまで言われて使用人にまで蔑まれた。ブラーゼンに来てからそれは減ったものの、ティアリスの立場がよくなったわけではない。ティアリスが生きている限り、庶民の母親を持つ王女という事実はついて回る。聖王妃になっても。……いや、聖王妃だからこそ余計に問題になるだろう。

それに耐えられるほどティアリスは強くない。

差し出された手を悲しげに見つめ、それからティアリスは目を伏せて告げた。

「……行けません。聖王妃にはなれません」

周囲にいる人たちが息を呑む気配がした。ティアリスはかまわず続ける。

「私はセヴィオス様にふさわしくはありません。聖王妃には別の女性をお選びになってください。どうかこのままお引き取りを。私のことは捨て置きください」

目が潤み、今にも涙が零れ落ちそうになる。ティアリスはわななく唇をそっと噛み、俯いた。反応が怖くてセヴィオスの顔は見られなかった。

——ああ、とうとう言ってしまった。これで私はまた一人ぼっちになる。

辛くて悲しい。でも、過去に蔑まれ続けた記憶があるからこそ、ティアリスは飛び込めなかった。

「……ティアリスはそう言うと思っていたよ」

しぃんと静まり返った部屋に、セヴィオスの淡々とした声が響く。びくっと震えたティアリスは次の瞬間力強い腕に摑まれて、身体が浮くのを感じた。

「きゃあ！」

「でもね。残念ながら君が拒否できる段階なんてとっくに過ぎている」

セヴィオスはティアリスを腕に抱え上げると、入り口に向かって歩き始める。周囲の人がさっと二人を通すために道を作った。

「お、下ろしてください！」

「君がいるべき場所に着いたら下ろしてあげるよ」

戸口までたどり着いたセヴィオスは後ろを振り返ってユーファに言った。

「ユーファ。ここにあるティアリスの荷物を主居館に移してくれ」

「はい、陛下」

ユーファが心得たとばかりに頷く。

「ヨルク、女官長、手伝ってやってくれ」

「はい。かしこまりました」

ヨルクは頷くと、ティアリスを見上げて微笑んだ。

「お諦めください、ティアリス様。あなたが聖王妃になることはもう決定事項なのです」

「決定事項？　それはどういう……」

最後まで尋ねることはできなかった。セヴィオスが歩き出し、ヨルクを部屋に置いて廊下に出てしまったからだ。黒い甲冑《かっちゅう》を纏った護衛の兵士たちがセヴィオスに続いた。

細長く伸びた後宮は、独立した棟と棟が一直線に伸びた廊下で繋がっている。ティアリスの部屋は後宮の一番奥だったため、入り口に向かうには他の王女たちが住んでいる棟を通る必要があった。今その廊下に王女とその侍女たちが騒ぎを聞きつけて出てきていた。

その中を、ティアリスを抱えたセヴィオスが悠然と進んでいく。

ティアリスは恥ずかしくてたまらなかった。

「ティアリス。あと少しで出口だ」

しばらくして後宮の出入り口が近づくとセヴィオスが言った。ティアリスはハッとしてセヴィオスを見おろした。

「私、後宮を出てもいいのですか？」

壁の穴を通ってセヴィオスの屋敷の庭には行っているものの、それを除けばティアリスはこの六年間、一度も後宮の外には出ていない。許可を得れば出入りすることもできるらしいが、その必要がなかったのだ。

「許可が……」

「聖王である僕がいいと言っているんだ。誰が文句を言うの？」

確かにそうだ。出入りを厳しく制限されている後宮も、聖王ならば許可すら必要ないだろう。現に誰も止めない。セヴィオスがティアリスをほぼ無理やり連れ出しているのはこの姿で明らかなのに。

後宮の出入り口を警護する兵士がセヴィオスの姿に気づき、恭しく敬礼する。彼らの前を堂々と通り過ぎながらセヴィオスは言った。

「ティアリス、ここを一歩抜けたらもう君は人質の王女ではない」

そしてティアリスは六年間住んだ後宮の外へと連れ出された。少し離れたところで、顔だけ振り返って後宮を囲む高い壁とそれに見合った高さのある門扉を見つめる。

確かに後宮はティアリスたち人質の王女を閉じ込めていた。けれど、同時に人々の好奇の目や悪意から守ってくれていたのだと、ティアリスは今離れて初めて気づいたのだった。

もう守ってくれていたあの高い壁はない。無防備な自分を自覚してティアリスはぶるっと身体を震わせた。

後宮を出たセヴィオスは巨大な宮殿の中で一番豪華で一番巨大な建物にまっすぐ向かった。そこは聖王が執務をとったり、外国の使者と謁見をする場所や、広間などがある、本宮殿と呼ばれる王宮の中心となる建物だ。

そして本宮殿のさらに奥には別の建物があり、美しい回廊で繋がっていた。主居館と呼ばれる聖王の居住空間で、限られた者しか入ることが許されていない場所だ。セヴィオスは主居館に入ると、美しい彫刻の装飾をされた吹き抜けの螺旋階段をのぼり、大きな扉へ向かった。扉の入り口の両脇には兵士が警護していて、そこがただの部屋ではないことを示している。

兵士に扉を開けてもらい入ったその部屋は、ティアリスが今まで目にしたどんな部屋よりも豪華で美しかった。天井には一面花の絵が描かれ、壁にも別の花模様の彩色が施されている。置かれている調度品の表面にも螺鈿を使って花が彫られていた。

「ここは……？」

「聖王妃の部屋だ。父上の時代は聖王妃がいなかったので、ずっと使われていなかったが、君を迎えるにあたり整えさせた」

セヴィオスは部屋を横切り、奥にある続きの間へと向かう。そこは寝室のようで、中央には豪華なベッドが設えられていた。

「ここは聖王と聖王妃の寝室だ。それぞれの部屋からこの寝室に繋がっている。反対側が聖王の部屋だ」

よく見ると反対側の壁にも扉があり、向こう側も続きの部屋になっていた。

「今日から君と僕でこのベッドを使う」

部屋の中央に鎮座する天蓋付きのベッドにティアリスを下ろしながらセヴィオスは言う。その言葉の示す意味は明らかで、ティアリスの背筋にぞくっとしたものが走る。ただ、それが恐怖によるものなのか、悦《よろこ》んでいるからなのか自分でも判断がつかなかった。

「お待ちください、セヴィオス様、私の話を……」

言いかけた言葉が止まった。セヴィオスが自分の上着のボタンを外し始めたからだ。彼はボタンをすべて外すと、上着を脱ぎ、ベッド脇にあるサイドテーブルに無造作に放った。次にセヴィオスはクラヴァットを首から外して、それも放る。その手が今度はシャツのカフスボタン、そして胸元のボタンへと向かうのを見てティアリスは息を呑んだ。

「まさか……今……」

寝室で服を脱ぐ行為が何を意味するのか、ティアリスにも分かる。

「そのまさかだよ」

ボタンが次々と外され、シャツの合わせ目から素肌が覗く。庭でセヴィオスがティアリスの身体に触れる時、彼はめったに服を脱がない。せいぜい、上着を脱いでシャツの上のボタンを外す程度だ。そのため、ティアリスは彼の裸に対して免疫がなかった。なのになぜか目が離せない。魅入られたように彼がシャツを脱いでそれを放り投げるのを見つめる。

セヴィオスの裸体は綺麗だった。軍に入っていたからだろう、細身ながら、つくべきところにはしっかり筋肉がついている。ティアリスよりも浅黒い肌は滑らかで、思わず触れてみたくなるほどだった。

こんな時なのにそんなことを思ってしまう自分が淫らで恥ずかしくて、かぁっと顔が熱くなる。

けれど、セヴィオスの手が次にトラウザーズに向かうのを見て、ティアリスはようやく我に返った。

「だ、だめです！」

焦ってベッドを下りようとする。どこに逃げるのかも、逃げてどうするのかも考えていなかったが、このまま抱かれてはだめだと思った。

——もし今ここで一線を越えてしまったら、私はもうこの人から離れられなくなる。

そんな気がした。けれど、床に足がつかないうちにセヴィオスに腰を摑まれてしまい、ベッドに引き戻される。うつぶせに押さえつけられて、息が詰まった。

「逃げてどうするの？　君の居場所はここしかないよ」

くすくすと笑いながらセヴィオスはティアリスの背中のボタンに手を伸ばす。うつぶせにしたのはドレスを脱がしやすくするためだったらしい。セヴィオスは片手でティアリスの肩を押さえつけながら、もう一方の手で器用にドレスのボタンを外していく。

「だ、だめです……！」

身をよじるが、ティアリスを押さえつける手はビクともしなかった。

「じっとしていて、ティアリス。すぐにいつものように我を忘れるほど気持ちよくしてあげる」

その言葉に下腹部がじぃんと疼いた。セヴィオスに触れられた時のことを思い出し、身体が熱を帯びていく。ティアリスは性に疎く、それほど性欲も強い方ではないが、セヴィオスによってさんざん弄られ続けた結果、時折触れられた時のことを思い出しては、夜中に身体を火照らせるようになっていた。

今も身体がそのことを思い出し、じわじわと官能が高まっていく。

──このままじゃいけない……！

その時、身体に植えつけられた悦楽の記憶と共に、セヴィオスのある言葉が蘇ってティアリスは慌てて言った。

「お、王族の妃になるには、純潔でなくてはいけないって……！　だから……」

結婚する前に純潔を失ってしまえば聖王妃にはなれない。だからティアリスを聖王妃にと考えているセヴィオスにこれを言えば彼を止められるに違いない。そう確信して口にした言葉は、けれどセヴィオスによって一蹴された。

「式を挙げた時に純潔であることが必要とされるのではなく、必要なのは王族とまぐわった時に純潔であったと証明されることだ」

「ど、どういう、ことですか？」

「僕に抱かれるまで君が無垢であったことを第三者が確認すればいいってこと。王家の場合、それは結婚前に行われるのが普通だ。式を挙げてから妃が無垢ではなかったと分かっても遅いからね。その手はずは整っている。今日、今この時、君の純潔の証を確認するため、隣室で証人たちが待機している」

「……え？」

ティアリスは驚きのあまり一瞬だけ抵抗を忘れた。それをいいことに、腰までティアリスのドレスのボタンを外したセヴィオスは、ドレスごとシュミーズを引き下げる。それから、背中から前に手を回してシーツに押し潰されていた胸の膨らみを摑んだ。

「あっ……！」

「公証人である彼らは僕らが誰もいない部屋に入るのを確認し、さらに寝室に入るのを見守った。あとは僕らが交わり、君が純潔だった印の残ったシーツを彼らに渡せばいいだけ」

——今この時、隣の部屋に人がいて、まぐわうのを待っている……？　純潔であった印が残ったシーツを確認するために？

ようやくセヴィオスの言ったことを理解し、ティアリスの顔から血の気が引いた。

「いや！　……あっ、や、ふ、……んむぅ」

ふにふにと柔らかな肉を揉みしだかれ、指が硬くなった先端を摘まむ。思わず声をあげてしまい、慌てて口を塞ぐ。

——隣室にいるという証人たちに声が聞こえてしまう……！

けれどセヴィオスはドレスを脱がしていた方の手でティアリスの手を掴んで口から離し、シーツに縫いとめてしまう。

「だめだよ、彼らに声を聞かせてあげなきゃ。僕らが性交していることを君の声を通じて彼らに知らせるんだ」

「そ、そんなっ……」

「大丈夫。人がいることを気にしなければいい。練習しただろう？」

手で乳房を揉みしだきながら、セヴィオスはティアリスのうなじに鼻を押しつけ、キスをし、耳朶を食む。ティアリスはセヴィオスの下でビクンと身体を揺らし、はぁはぁと息を荒くしながら尋ねた。

「れ、練習？」

「そう。いつもの庭と一緒さ。君はいつも誰が来るかも誰が聞いているかも分からない庭で、感じて嬌声をあげていた。あれと同じにすればいいだけだ」

「まさか……」

ティアリスは目を見開く。

まさかそのためにセヴィオスはあの庭で……？

「別にそのためだけじゃない。君が僕の求婚をくだらない理由で断るだろうと分かっていたからね。まずは快感を身体に植えつけて、僕なしじゃ生きていけないようにしてやろうと思ったんだ」

「や、あ、あぁ、あ」

コリコリと胸の飾りを擦られ、あられもない声が漏れる。胸を弄られているのに下腹部に痛みにも似た快感が走り、全身が痺れてどんどん身体から力が抜けていく。

「こんなに感じて、胸を尖らせて……。隣に人がいて君の声を聞いていることに興奮したのかな？」

くすくすとセヴィオスが笑いながら揶揄する。

「違っ……」

「だったらどうしてここをこんなに硬くしているの？」

「ふぁ……！」

耳に舌を入れられ、ゾクゾクとしたものが背筋を駆け抜けていく。

セヴィオスは片手で胸を弄りながら、もう片方の手でティアリスの腕からドレスを引き抜き、シュミーズごと膝まで押し下げる。ティアリスは抵抗できなかった。彼がもたらす快感にすっかり気を取られていて、背中を無防備に晒していることも気づかなかった。

「ティアリスの弱いところは全部知ってる。こうされるのも好きなんだよね」

セヴィオスは、ティアリスの胸の膨らみを弧を描くように揉みしだきながら、じんじんと疼く先端を指でぎゅっとひねりあげる。胸に痛みが走り、一瞬息が止まった。

「いっ……！」

……けれど、痛んだのはほんの少しの間のことで、痛みはすぐにじんじんとした快感に変わっていく。

「あ、くっ、っぁ……」

「痛いのが気持ちいいなんて、イヤらしい子だね、ティアリスは」

言葉で嬲りながらセヴィオスはむき出しになった背中にチュチュとキスをし、そのあとを舌で辿っていく。反論したかったが、濡れた唇の感触にも感じてしまい、ゾクゾクと背筋に痺れが走った。

「あっ……ふぁ、んンッ……」

声を抑えようとしても、無意識のうちに甘い声が鼻から抜けて出てしまう。

——だめっ！　隣に人がいるのに……！

彼らはきっとこちらを窺っているだろう。そして聞き耳を立てて、今どんなふうになっているかを、ティアリスがどんなに感じているかを声から知ってしまうだろう。

恥ずかしくてたまらないのに、それなのにどうして聞かれてしまうと思うたびに背中に得体のしれない震えが走るのだろう。下腹部が疼いて熱を帯びていくのだろう。

「もっと、声をあげて、もっと聞かせて、ティアリス」

もう片方の手もティアリスの胸とシーツの間に差し込むと、セヴィオスはティアリスの両胸を摑みながら彼女の上半身を持ち上げた。そして、膝立ちさせて背中を自分の胸に寄りかからせると、もう片方の手を胸からお腹、下腹部に滑らせる。手はドロワーズの中に滑り込んでいった。

「ああっんっ、やぁ、ん、んあっぁ」

ぬかるんだ割れ目にセヴィオスの指を感じ、ティアリスの唇から喘ぎ声がほとばしる。ドロワーズに隠されたそこは染み出していた愛液ですっかり濡れそぼっていた。

「ここも触る前からこんなに濡らして……」

「や、あ、あ、やめっ、あ、んんっ、っぁあ！」

ぬぷぬぷと粘液を纏わせた指が淫唇を軽く上下する。入り口の浅い部分だけを指の腹でかき混ぜられて、むず痒いような感覚が広がった。お腹の奥が熱くなり、膣襞が何かを欲するように蠢《うごめ》く。それを見越したように、指がぐぷっと差し込まれ、華奢《きゃしゃ》な身体がビクビクと震えた。

「んんっ……！」

奥まで入り込んでいた指がぐっと引き抜かれ、出る寸前にまた奥に差し込まれる。ゆっくり上下する指の動きに腰が揺らめいた。濡れた肉襞を擦られて、中がざわめく。キュキュッと指を締めつけながらティアリスは奥から染み出た蜜が滴り落ちていくのを感じた。

「あっ、くっ……」

下肢ばかりに気を取られていたティアリスは、胸の膨らみを下から掬うように捏ねられて苦しそうに喘ぐ。親指の腹がいたぶるように小さな乳輪をくるくると撫でまわす。わざとだろう、時折張りつめた先端に指が触れ、子宮がキュンと甘く痺れた。

「あ、んン……ふっぁぁ」

胸と秘所の同時を責めたてられて、ひっきりなしに口から声が零れ落ちていく。抑えなければと思うのに、引き結ばれた唇はすぐに力を失い、綻んでしまう。

中を探る指が二本に増やされ、ドロワーズの内側からあがるイヤらしい水音が大きくなった。もはやすでに下着としての役割は果たしておらず、溢れ落ちる愛液を吸い取ることだけにしか役立っていない。

「もう脱いでしまおうか、びしょ濡れだものね」

セヴィオスは差し込んでいた指を引き抜き、ティアリスの返事も聞かないうちにドロワーズをぐいっと引き下げる。髪と同じ淡い金色の茂みが露わになり、空気に触れたせいかひくりと震えた。

再び割れ目に手を伸ばしたセヴィオスは、今度は蜜口ではなく、その上にある濡れた茂みに指を潜らせる。

「ひゃぁ！」

ティアリスの腰が跳ねた。膝立ちした太ももがガクガクと揺れて不安定になる。何とか姿勢を保っていられるのは胸の膨らみを摑む手とセヴィオスの胸に寄りかかっていたからだった。

「あっ、あんっ、あ、んっ、んんっ」

敏感な陰核を指で摘まれ、びくんと身体が揺れた。

「そこっ、いやぁ、だめなの、いじらないでぇ！　っぁあ！」

もう声を抑えることはできなかった。隣に人がいることも頭になかった。ティアリスの口から嬌声がほとばしる。

「いやぁぁ！　だめっ！　ああっ、あ、あっ、んんンッ」

——ああ、溺れる。溺れてしまう……！

緩急をつけて充血した欲芯をいたぶられて、ティアリスは何も考えられなくなっていく。

「ティアリス、そろそろ一回イっておこうか」

手を動かしながらセヴィオスは無防備なティアリスの首筋を唇と舌で愛撫する。全身が敏感になってしまっているティアリスはその刺激すら感じてしまい声をあげた。

「あっ、んっ、んぁ、あっ」

身体の奥から何かがせり上がってくる。それが何であるのかティアリスには分かっている。絶頂に達しかけているのだ。

「イッていいんだよ、ティアリス。彼らに聞かせてあげよう、君の淫らな声を」

「や、やぁ、いやぁ！」

ティアリスはぶんぶんと首を振る。だがそれはセヴィオスの言葉に対して嫌がったわけではなく、せり上がってくる情欲を少しでも逃がすためだった。けれど、セヴィオスは濡れた指で肉の芽を捏ねて、ますますティアリスを追いつめていく。

「もうっ、だめっ……！」

生理的な涙がティアリスの青い瞳からポロポロと零れていった。

「イクって言いながら気をやるんだ、ティアリス」

耳元でティアリスの肉体を支配する男が命じる。

「あっ、あ、あ、んっ、ふぅ、あ、っ……」

——ああ、堕ちていく……！

「大きな声で言いながら……ほら、イッてしまえ」

ギュッと花芯と胸の蕾を同時に押し潰されて、ティアリスの中で何かが決壊した。

「あっ、セヴィオス様っ、イク！　イクの！　ぁあああ！」

部屋中に鳴り響く甘い悲鳴をほとばしらせながら、ティアリスは絶頂に達した。背中を弓なりに反らし、ビクンビクンと大きく身体を痙攣させながら、身体を駆け抜ける法悦に身をゆだねる。

「……っ……んンッ……ぁ、はぁ……ん」

セヴィオスは絶頂の余韻に震えるティアリスの汗ばんだ肌を宥めるように撫でていたが、彼女の呼吸が少し落ち着くのを見計らって、そっとベッドに身体を横たえた。ティアリスの太ももから膝の部分にまとわりついていたドレスやシュミーズ、それにドロワーズの残骸を引き抜き、すべて床に落とす。ティアリスはベッドに力なく肢体《したい》を投げ出し、荒い息を吐きながら呆然と天蓋を見つめていた。それを眺めながら、セヴィオスは自分のトラウザーズのボタンに手をかける。

やがてすべてを脱ぎ終え、一糸纏わぬ姿になったセヴィオスはティアリスの両脚を押し開きながら、その間に身体を落ち着かせた。ティアリスはぼうっとしていてまだそれに気づいていない。いまだに余韻が覚めていないのか、無防備に晒された淫唇がヒクヒクと引きつり、蜜を吐き出している。

そこに、反り返り、先走りの雫《しずく》を垂らしている太い先端を、そっと押し当てる。ゆっくりと上下させると、蜜と先走りの雫が混じり合ってぬちゅっと卑猥《ひわい》な水音を立てた。ティアリスは脚の付け根に何かが押しつけられ、敏感な割れ目を擦られるのを感じてハッと我に返った。慌てて頭をあげると、大きく開かれた自分の脚の間にセヴィオスがいて、何か太くて熱いものを押し当てている。それが何であるかすぐに悟ったティアリスはさぁっと青ざめた。

「だ、だめっ」

身をよじって避けようとするが、がっちりとたくましい両腕に膝を抱えられていて、かなわなかった。

「だめですっ、セヴィオス様！　やめてください！　今ならまだ間に合います！」

目に涙を浮かべ必死にティアリスは懇願する。

「私はセヴィオス様にはふさわしくありません……！　セヴィオス様の足を引っ張ってしまう！　だから――」

「違うよ。ティアリス」

黒い瞳に熱っぽい光を浮かべ、猛った浅黒い怒張をティアリスの淫唇になすりつけている一方で、セヴィオスは奇妙なほど穏やかな口調で言った。

「君は僕のためみたいなことを言っているけれど、本当は違う。君が恐れているのは僕の足を引っ張ることではなく、自分が過去にされてきたように再び出自のことで蔑まれることだ。僕のためじゃない。君が僕を拒否するのは全部自分のためだ」

その言葉はティアリスにまるで頭を殴られたかのような衝撃を与えた。

「本当に僕のためを思うなら、その恐ろしさに一緒に立ち向かうはずだ」

「ち、違……」

否定の言葉を口にしながら、けれど同時に何かがティアリスの中で囁く。

——本当に、本当に違う？　……いいえ。

セヴィオスの言うとおりだ。ティアリスが聖王妃になりたくないと思うのは、すべて自分のためだった。また蔑まれるのが怖いから。母親のことで何かを言われるのが怖いから。

セヴィオスの気持ちを考えたものではない。

「君は何も望まない、何も期待しないと言って僕に何も求めない。でもね、何も望まないということはすべて望んでいるのと同じことだ。だったら、全部あげるよ。君に優しい世界も、僕自身も、僕の国も、子どもも、未来も！」

突然セヴィオスの腕に力がこもる。セヴィオスはティアリスの両脚を肩に抱え、細い腰を摑むと、ぐっと腰を突き出した。

「——その代わり、僕も君のすべてをもらうよ」

その直後、セヴィオスの猛った楔がティアリスの中にずぶっと突き立てられた。

「いっ、いやぁぁぁ——！」

ティアリスの口から悲鳴がほとばしる。突然走った激痛に目の前が真っ赤に染まった。

怒張の太い先端の部分が濡れた膣襞を押し分けていく。隘路《あいろ》を無理やり開かれる痛みと身体を折り曲げられる苦しみに喉が詰まった。

いくら濡れていても指で慣らされていても、やはり指とはまるで違う。太さも長さも、その質感も。

──熱い……！　痛い……！

まるで火かき棒で串刺しにされているようだった。思わずシーツに爪を立てる。

「やめて、ください、お願い……！」

今までセヴィオスはティアリスに無理強いしたことはない。最初に触れられた時だって狭い膣壁には指一本でも辛く、痛みを訴えるティアリスにすぐに引き下がってくれた。その後根気よくティアリスの身体を開拓していき、ようやく狭かったティアリスの膣も何とか彼の指を受け入れられるようになったのだ。

だから今日も本気で嫌だと、怖いと訴えればセヴィオスは引いてくれるのではと思った。ところがセヴィオスは止まってくれない。歯を食いしばり、容赦なく中に埋め込んでいく。

「無理……裂けちゃ……」

涙を流し、ハクハクと苦しい呼吸を繰り返しながら、ティアリスは首を左右に振った。狭い道がみっちり埋め尽くされていて、これ以上奥には無理だと思った。

「大丈夫。君のココはとても優秀だもの。最初は指一本でもあんなに痛がっていたのに、今では三本咥えこんでも全然平気じゃないか。初めての今日は痛いだろうけど、すぐ慣れるさ。そのうち気持ちよくなって自分からねだってくるようになるよ」

「そんな……」

とてもそうなるとは思えなかった。

「信じられないかい？　すぐに分かるよ。君はコレが大好きだしね」

そう言ってセヴィオスは繋がっている部分に手を伸ばしてティアリスの肉芽を摘まんだ。

「……っ、ひゃぁ！」

先ほどの愛撫で充血したままのそこにいきなり刺激を受けて、ティアリスの喉から悲鳴があがる。腰がビクンと跳ね、セヴィオスの肩にかけられた脚が揺れた。

刺激を受けたせいか、一瞬だけ痛みを忘れて身体の力がゆるむ。その隙を逃さずセヴィオスの屹立がずぶっと奥に入り込んだ。

……何かが引きちぎれるような音が、どこかでしたような気がした。

直後、刺すような痛みが胎内《たいない》を襲い、ティアリスは目を閉じて思わず唇をぐっと噛みしめる。その間もセヴィオスは腰を進めさせ、とうとう最後まで怒張をティアリスの中に埋めた。

「……ほら、入ったよ、ティアリス」

ふぅっとセヴィオスが深い息を吐きながら呟く。下半身がぴったり合わさっているのを感じ、ティアリスは自分が純潔を失ったことを知る。

──ああ、これで私は……。

「……これで、君は僕のものだ」

少し身体を引き、肉茎にまとわりつく愛液に血が混じっているのを見つけ、セヴィオスが口元に愉悦《ゆえつ》の笑みを刻む。

「あ、あ……っ、ぅ、ぁ」

はぁはぁと涙を零しながら呼吸を繰り返していたティアリスは、自分の中にドクドクと脈打つものを感じて何とも言えない悲しい気分に襲われた。けれど同時にどこかで嬉しい気持ちもあって、混乱する。自分がどう感じているのかよく分からなかった。

でも悠長に混乱している暇はなかった。セヴィオスがゆっくりと動きながら再び花芯に手を伸ばしたからだ。

「さすがに初めてで中で感じるのは無理だろうから、今日はこっちでイこうか」

「あっ、あっ、んんっ、んン」

指で摘まみ、敏感な芽を捏ねながらセヴィオスはティアリスの蜜壷に腰を打ちつけた。濡れた指で弄られるたびに、ティアリスの中が蠕動し、セヴィオスを熱く締めつける。

「はぁ……ティアリスの中、すごく熱くて狭い」

うっとりと呟きながらもセヴィオスの腰の動きが止まることはなかった。

「んっ、あ、あ、っぁあ、ふ、ん、んふ」

ガツンと打ちつけられるたびに声が漏れる。肉襞を擦られるたびに熱さを伴った痛みを覚えるのに、感じる場所を弄られているせいか、ティアリスの身体の中で官能が急速に膨れ上がっていく。身体の中心が熱を持ち、むず痒いものが広がった。それが快感だと、すぐに分かった。

「あっ、……んんっ、ん、ふ……」

ティアリスの奥を小刻みに揺らしながらセヴィオスが笑う。

「ああ、こっちじゃなくて中でも感じてるのかな？　やっぱり優秀だね、ティアリスのココは」

セヴィオスの指が肉芽から離れていく。それを寂しく思うものの、すぐに胎《はら》を肉茎でぐるぐるかき回されて声が漏れる。

中の感じる場所を擦られてゾクゾクするような淫悦が背筋を這う。あんなに強かった痛みは遠のき、快感に取って代わろうとしていた。膣奥が濡れ、それを太いもので塗り込められて腰の芯が痺れていく。激しく打ちつけられて、寝室に肉がぶつかる音が鳴り響く。

「それっ、だ、め……！」

速くなっていくセヴィオスの腰の動きに合わせて脚が揺れ、頑丈なはずのベッドがギシギシと軋みをあげた。繋がった部分から淫らな水音が響き、泡立った蜜が繋がった場所から肌を伝わってシーツに零れていく。

奥から何かがせり上がってくるのを感じて、ティアリスは叫んでいた。

「ああっ、また、またイクの……！」

「いいよ、イって。また君の声を聞かせてやればいい」

歯を食いしばりながらセヴィオスが呟く。

「僕も一緒に……っ……」

のしかかられるように腰を穿《うが》たれて、切っ先が最奥を貫くその瞬間、ティアリスの中で何かが弾け飛んだ。

「あああっ！」

嬌声をあげながらティアリスは再び絶頂に達した。背中が弓なりに反らされ、その反動でよりいっそうセヴィオスとの結合が深くなる。ティアリスの媚肉が収縮し、肉茎を締めつけた。中で脈打つものがぐぐっとそのかさを増す。

「くっ……」

セヴィオスは呻《うめ》きながらティアリスの中で欲望を解放した。熱い飛沫《ひまつ》が膣奥に打ちつけられ、広がっていく。

「ああっ、んんっ……！」

ティアリスは広がっていく熱で胎内に蕩《とろ》けるような淫悦を覚え、再び絶頂に達していた。うっとりとセヴィオスの黒い瞳を見つめ、内側からこみ上げる愉悦に浸る。

――セヴィオス様の子種が、私の中に……。

女としての本能か、愛する男性の白濁《はくだく》を受けて、全身が悦びの声をあげていた。

――ああ、私はこの人のものになったんだわ。

快感にぼんやりとした頭の中では、それがとても素晴らしいもののように思えた。

「ティアリス……」

セヴィオスはすべてをティアリスの中に注ぎ込んだあと、怒張を引き抜き、そこを覗き込む。栓を失った蜜口からはトロトロと血と白濁が混じり合ったものがシーツに零れ落ちていた。

「これで、聖王妃になるのを拒否することはできないね」

くっくっとセヴィオスが笑う。彼を見上げたティアリスはその暗く歪んだ瞳と笑みに冷や水を浴びせられたように感じた。

「ほら、ご覧よ」

重く感じる頭をあげて、セヴィオスが見ているものを目で追う。そこにシーツに散らばった蜜と彼の白濁、それに赤い血の跡を見つけてティアリスの身体がぶるっと震えた。

――ああ、私は、私は……。

セヴィオスは純潔の証の残るシーツを引き抜いて手に取ると、一糸纏わぬ姿のまま入ってきた方とは別の扉へ向かう。そこは聖王の部屋だ。きっとあちらの部屋に証人たちが待機していたのだろう。

ベッドに視線を落とすと、別のシーツが敷かれていた。シーツは最初から二重に敷かれていたようだ。彼がティアリスを後宮から連れ出すことはあらかじめすべて決められていたのだろう。

恥ずかしさと居たたまれなさにティアリスはベッドに顔を伏せて耳を塞いだ。扉の向こうでのやりとりなど聞きたくもなかった。

やがてセヴィオスが寝室に戻ってくると、ベッドには耳を塞いで小さく丸まったティアリスがいた。彼はそれを拒絶だと受け止めた。

「ティアリス……」

小さな身体を引き上げ自分の膝に乗せると、セヴィオスはティアリスの耳に囁いた。

「ロニオンがどうなってもかまわないというのなら、聖王妃を拒否してもかまわないよ」

弾かれたようにティアリスが顔をあげる。

「え？　それはどういう……？」

「言葉の通りだ。僕にはロニオンをどうにでもできる力があるってこと」

言っていることを理解してティアリスは息を呑む。セヴィオスはティアリスが聖王妃にならなければ、ロニオンを滅ぼすと言っているのだ。

「ま、待って、どうして……！」

まさか彼がそんなことを言いだすとは夢にも思わず、ティアリスは恐れおののく。

「君を僕のものにするためなら手段は選ばない」

淡々とした口調だった。まるで最初に出会ったころに戻ってしまったかのようだ。

「……セヴィオス様……」

目に涙が浮かぶ。セヴィオスは、言うことを聞かせるために脅迫するような人では決してなかった。そこまで彼を追い込んでしまったことにティアリスは愕然《がくぜん》となった。

「ティアリス、返事を聞かせて。聖王妃になってくれるかい？」

ティアリスは目を閉じて、震えるような声で答えた。

「――――はい」

……拒否の言葉は口にはできなかった。彼のために、そしてロニオンのために。

セヴィオスはティアリスの顎を摑み、親指で彼女の唇に触れながら笑う。それは酷薄な笑みだった。

「君は諦めるのは得意だろう。いつも何も望まず、何も求めず、諦めてすべてを受け入れる。……だったら、聖王妃になる運命もいつものように諦めて受け入れればいい」

「セヴィオス様？」

ハッとして目を開けるとすぐ目の前に黒い瞳があった。まったく笑っていない、光の宿らない瞳が。

「君は僕のものだよ。五年前、僕は君に言った。『優しい世界を君に作ってあげる』と。僕は約束を守った。だから君が今度は約束を守る番だ」

再びベッドに押し倒され、唇を奪われる。

「ティアリス、一回だけじゃ足りない。もっと君が欲しい」

脚を広げられ、先ほどの情交の跡も生々しいティアリスの淫唇に再び猛ったものが突き立てられる。

「ああっ……！」

ティアリスは涙を流しながら喘いだ。二人の体液でぬめった肉襞は、純潔を失ったばかりとは思えないほど、柔らかくほどけてセヴィオスの怒張を受け入れていく。

嵐のようなまぐわいに再び引きずり込まれながら、ティアリスは頭の片隅で、自分が今まで恐ろしく間違ったことをしてきたのではないかと、そんな不安に駆られるのだった。

＊＊＊

——この日、謁見の間には大勢の家臣たちが集まっていた。

四か月前に聖王の座についたばかりのセヴィオスが聖王妃となる女性を紹介するというのだ。それを聞きつけ、わざわざ遠い領地から戻ってきたという者もいた。

「一体、聖王が妻として迎えたいと言う女性はどなただろうか」

謁見の間の一角に立っている壮年の貴族が誰ともなしに呟く。

新しい聖王が戴冠早々に「側室は取らず、妃は自分で選ぶ」と宣言し、自分の娘を側室に、あわよくば聖王妃にと考えていた貴族たちを牽制したことは記憶に新しい。

その壮年の貴族にも年頃の娘がいた。例によって娘を側室か愛妾にしたいと思っていた彼は、聖王が選んだという女性にケチをつける気満々でやってきていた。

「貴公はあの噂を知らぬのか」

壮年の貴族の呟きを耳にしたのだろう、前に立っていた貴族が突然振り返って言った。

「あの噂？」

「聖王が選んだ女性についての噂だ」

「いや、知らぬな。ここひと月ばかり領地に帰っていて、宮殿に出仕していなかった」

そうか、と納得したようにその貴族は頷き、急に声を落とした。

「なら貴公に忠告しておこう。決して陛下の選んだ女性について発言してはならない。わが身が大切ならな」

「それはどういうことだ？」

けれど、壮年の貴族はその質問の答えを聞く暇はなかった。聖王が入場してきたからだ。注目の中、若々しくも威厳に満ちた聖王がゆっくりと横の扉から入ってくる。聖王は小柄な女性の手を引いていた。

「ほぉ、あれが……」

聖王の横に立ち、彼に手を預けてしずしずと入場してくるのは、淡い金髪に青い瞳を持つ、品のよい顔立ちをした女性だった。歳はまだ若く、十六、七ほどだろうか。白くて光沢のあるドレスを着込んだ彼女は、楚々とした容姿と相まってまるで妖精のように見えた。

女性を伴い、玉座の前に来た聖王は、謁見の間に集う人々を見渡して口を開いた。

「皆の者、よく来てくれた。今日は私の妻となる女性を紹介しよう。ティアリス・ロニオン。ロニオンの第三王女だ」

名前を挙げられた女性は、聖王に手を取られたまま膝を折り、優雅に淑女の礼をする。

あらかじめティアリスの存在を知っていた重臣たちがほぅと感心の声をあげる一方で、何も知らなかった貴族たちの間にざわめきが走る。

「ロニオンの王女だと？」

壮年の貴族は心底驚いていた。

ティアリスは大勢の注目を浴びて緊張の極致《きょくち》にあった。普通の王女であれば大勢に見られることに慣れているかもしれないが、ロニオンでは王女らしい扱いをされたことがなかったティアリスは、人前に出ることに慣れていない。息が詰まったように感じるのも、久しぶりに身につけたコルセットのせいだけではないだろう。

セヴィオスに励まされながら入場し、何とか淑女の礼はできたが、膝はガクガクして、預けた手は緊張で震えていた。セヴィオスが支えてくれなかったら失敗していただろう。

彼は今も家臣たちに向けて威厳のある口調で言いながらも、緊張で冷たくなっているティアリスの手を励ますように握ってくれている。

「ひと月前までは後宮にいたこともあって、ティアリスを初めて見る者も多いだろう。若いがとても聡明な女性だ。皆で盛り立ててやって欲しい」

家臣たちの多くが心得たように頷いた。不思議なことに、ティアリスが予想していたような驚きや反発は今のところ見当たらない。弱小国の王女を聖王妃に迎えることに、反対の声があがってもよさそうなものなのに。

「結婚式は一か月後、王宮内の神殿であげる予定だ。準備に時間がかかるから大々的な宴は行わないが、式には友好国や同盟国からの使者も出席する。もちろん、皆も招待するのでぜひ参加してもらいたい」

そこまでセヴィオスが言った時だった。

「お待ちください、陛下！」

謁見の間の一角でそんな声があがり、セヴィオスはそちらに視線を向ける。ティアリスもつられて声のする方に目を向けた。声をあげたのは恰幅のよい壮年の男性だった。

「ロニオンの王女を聖王妃になどと、正気ですか？　私は反対です。認められません！」

そうだそうだ、という同意の声がちらほらとあがる。

ティアリスは「やっぱり」と思い、そっと目を伏せた。反対の声があがるのも無理はなかった。

けれど目を伏せてしまったティアリスは知らない。セヴィオスの目がスッと冷たくなったこと、反対の声をあげた者以外の大部分の重臣たちが息を呑み、青ざめていたことを。

「だいたいロニオンなど、先の北征でとっくに滅《ほろ》――」

「言いたいことはそれだけかな」

冷ややかなセヴィオスの声が壮年の貴族の言葉を遮った。

「私のすることに反対なら、ここにいなくていい」

黒い甲冑の兵士たちがどこからともなく現れ、声をあげた壮年の男性を拘束する。

「な、何をする！」

その声にティアリスが驚いて目をあげると、壮年の男性や彼に同意をした貴族たちが次々と兵士たちに捕まえられ、謁見の間から連れ出されていくではないか。

「な、何が……？」

あっけに取られるティアリスに、セヴィオスが微笑む。その顔からは先ほど浮かべた冷たい表情は綺麗に拭い去られていた。

「大丈夫だよ。無粋な連中には少し席を外してもらっただけだから」

「そう……なのですか？　でも彼らの言っていることはもっともなことで――」

「そんなことはない。あんなことを言うのはほんの一部だけ。他の者は君が聖王妃になることに反対しない。そうだろう？」

セヴィオスはぐるりと顔色を無くしている家臣たちを見渡して声を張り上げる。

「誰か他にティアリスを聖王妃として迎えることに反対だという者はいるか？　遠慮なく手を挙げよ」

謁見の間はシーンと静まり返り、誰一人として手を挙げるものはいなかった。


――ティアリスは知らない。

聖王として新しい施策を次々と打ち出し、精力的に活動している一方で、彼が行っていることを。セヴィオスが早くも「賢王」と称される一方で、密かに「狂王」と囁かれていることを――。

＊＊＊

ロニオン北部にある小さな町に隠れ住む彼らのもとへその一報が届いたのは、ブラーゼンでティアリスのお披露目《ひろめ》があった日から十日後のことだった。

「あの庶子の王女がブラーゼンの聖王と？」

彼らの中心人物が驚きの声をあげる。彼らにその情報を届けた男は頷いた。

「ああ、今、ロニオンの首都で話題になっている」

「そうか。とっくに殺されたものだとばかり思っていたが……まさか生きていて、聖王妃になるとは……。これは好機だ！」

中心人物は椅子から立ち上がり、仲間を鼓舞《こぶ》するように宣言した。

「王家の血はまだ残っている。勝機はある！　我々は負けたわけではない！　必ずや奴らを追い払い、ロニオンを取り戻すのだ！」

「おお！　必ずロニオンを我らの手に！　簒奪《さんだつ》者を許すな！」

「各地に散っている仲間に知らせろ！　ブラーゼンへ行き、王女を奪還せよ、と！」

次々に鬨《とき》の声があがる。

——次の日、小さな町から彼らの姿は痕跡も残らず消えていた。

＊＊＊

お披露目から一か月後、二人の結婚式はよく晴れ渡った日に行われた。

ブラーゼンの結婚式は基本的に神殿の神の像の前で結婚証明書に互いのサインをするだけだ。それを、式を執り行う神官が読み上げ、神の御前で婚姻が成立したことを宣言して終わる。結婚式に出席するのは互いの親族のみという場合が多く、その後開かれる披露宴で大勢の客を招いて盛大に祝うのが一般的だった。

ところがその披露宴が行われないこともあって、ティアリスたちの式には諸外国からの使者や臣下たちが大勢出席して賑やかな結婚式となった。

「とても素敵な結婚宣誓式でしたわ、ティアリス様」

式を終えて部屋に戻ってきたティアリスに、ユーファが感嘆のため息をついた。

ティアリスが後宮を出て主居館に移ったあとも、ユーファは引き続き彼女の侍女として仕えている。ただ、後宮の時はユーファ一人だった侍女も今ではかなりの数になっていた。今もユーファの他に三人の侍女が部屋の中に待機している。

長いベールを取り外しながらユーファが尋ねた。

「これから長丁場ですね。今のうちになにか召し上がりますか、ティアリス様？」

ティアリスは結婚式の時と同じ真っ白い豪奢《ごうしゃ》なドレスを纏ったままだ。式は終わったが、これから謁見の間で聖王妃として各国の使者と会う仕事が待っているからだ。

「いいえ、大丈夫よ」

今はとても食べ物など喉を通らないだろう。

――とうとう聖王妃になってしまった。

逃げ場もなく、ロニオンのためにそうするしかなかったとはいえ、いまだにその事実に心が追いつかないままだ。

それも当然だろう。言われるままに流されて、覚悟などできていないのだから。ティアリスの心境としては渦を巻く潮《しお》に放り込まれたようなものだ。ぐるぐると流されて抜け出せないでいる。

――こんな、ただ流されるままの私などが聖王妃になっていいの？

「失礼します」

扉が叩かれ、ヨルクが顔を出す。

「ティアリス様。そろそろ謁見の間に向かうお時間です」

「……分かりました」

ティアリスはユーファの手を借りてソファから立ち上がると、扉に向かった。廊下に出るとセヴィオスが待っていて、ティアリスの手を取るとその甲に口づけた。

「このまま謁見なんて面倒な仕事は放棄して、君とベッドに行きたいな」

「セヴィオス様ったら……」

ティアリスの顔が真っ赤に染まる。聖王妃になるのには不可欠な純潔だった証明もすでにすませたからか、式までの二か月間、セヴィオスは毎日のようにティアリスを抱いた。そして周囲にもベッドを共にしていることを隠そうともしなかった。ほとんどの人が微笑ましげに受け止めてくれるものの、ティアリスは恥ずかしくて仕方ない。

「なぜ？　君と僕はもう正式に結婚したんだよ？　これで誰に遠慮することもなく君を抱ける」

「今までだって遠慮なんてしたことなかったくせに、よくもまぁ」

ヨルクが呆れたようにため息をついた。

「睦言は今夜のためにとっておいてください。今は時間がありませんから、さっさと行きましょう」

……あとから考えればこのきわどい会話はわざとだったのかもしれない。謁見の間でセヴィオスの隣の玉座に腰を下ろしながらティアリスは思う。

結婚式の間は顔を覆う長いベールのおかげで目立たなかったが、緊張と不安からティアリスの顔はかなり青白かったに違いない。けれどあの会話のせいで今は血色もよくなっている。緊張も少し解けたのか、外国の使者からの祝辞に対しても、つっかえることなく言葉を返すことができた。

謁見の間には次から次へと各国の使者がやってくる。

何人かと謁見したあと、扉の前で次の使者の出自を侍従がこう読み上げるのを聞いて、ティアリスはハッとなった。

「ロニオンの外務大臣、セルゲイ様です」

ロニオンからは外務大臣が国王の名代でやってくると聞いている。けれど、扉の向こうから現れたのは、以前ティアリスをブラーゼンまで送り届けた外務大臣とは違う人物だった。まだ、とても若い男性だ。驚くティアリスに外務大臣が微笑みを浮かべる。

「前の外務大臣は引退しました。今は私がその役目を務めさせていただいております」

若いとはいえ、外務大臣を務めるだけあってとても落ち着いた物腰の青年だった。

「引退……。そうだったのですか」

ティアリスがロニオンを離れてからもう六年は経っている。その間に外務大臣が変わるのも無理はない。

「ティアリス様のこのたびのご結婚、ロニオンの民はめでたいことだとみんな喜んでおります」

外務大臣は如才なく続ける。ティアリスも微笑んだ。

「ありがとうございます。……あの、お父様や王妃様、ファランティーヌお姉様たちはお元気でしょうか？」

なぜ聞いてしまったのか、ティアリスは自分でもよく分からなかった。もしかしたらティアリスが聖王妃になると知った彼らの反応が知りたかったのかもしれない。ロニオンよりはるかに強大な国の聖王妃になった自分を彼らがどう思っているかを……。

ところが次の瞬間、なぜか一斉に息を呑む気配がした。使者の謁見に立ち会っているブラーゼンの重臣たちからだ。彼らは息を呑み、なぜかうろたえたようにセヴィオスを見る。

ティアリスはその奇妙な反応に首を傾げた。

一方、セヴィオスは平静なままだった。後ろに控えるヨルクもだ。

外務大臣も特に変わった様子を見せない。ただ、答える前に一瞬だけセヴィオスの方を見て、彼と視線を交差させたのをティアリスは見逃さなかった。

「……もちろんお元気です。国王陛下たちもこのたびのティアリス様のご結婚を聞き、大変喜んでおります」

「そうですか。ありがとうございます」

それは嘘だろうと、ティアリスは内心苦笑する。父王たちがティアリスの結婚を喜ぶはずはないし、下賤の血を引く王女が自分たちより上の立場になってしまったことに、王妃やファランティーヌは地団駄を踏んだに違いない。ただこの場でそんなことを言えるわけがなく、外務大臣は取り繕っただけだろう。

「それと聖王陛下。新たな鉱脈の発見にご尽力いただき、ありがとうございました。この場を借りて御礼申し上げます」

セヴィオスに向かって深く頭を下げながら外務大臣は告げた。ティアリスは昔セヴィオスから聞いたことを思い出し、あっと思った。確かロニオンの特産品であるフメール鉱石は年々採掘量が減り、新たな鉱脈を見つけない限りこのままでは枯渇してしまうのだ。

だが、どうやら外務大臣のこの言葉だとブラーゼンの力を借りて新たな鉱脈が見つかったようだ。

「ロニオンは我が聖王妃の祖国だからね。できる限りの協力は惜しまないつもりだ」

穏やかな口調でセヴィオスが応じて、ロニオンとの謁見は終わった。ただ、外務大臣が最後にこう言ったことがティアリスは気にかかった。

「陛下。取り急ぎご報告したき儀がございます。のちほどお時間をいただけないでしょうか?」

セヴィオスはヨルクと顔を見合わせると、鷹揚《おうよう》に頷いた。

「ではあとで時間を作ろう」

——一体、外務大臣が報告したいこととは何かしら?

不思議に思いながらも、侍従が次の謁見の使者を告げるのを聞いて、ティアリスは気持ちを切り替えた。

——ロニオンのことなら私も無関係ではないわ。あとでセヴィオス様に何の報告だったか聞いてみよう。

そう思ったものの、次から次へとやってくる使者たちの応対をしているうちに、次第にティアリスの頭からそのことは消えてしまい、結局報告について尋ねることはなかった。

第5章　狂王

ティアリスが聖王妃となって一か月が経った。

王女らしい生活を送ってこなかったティアリスを配慮してか、聖王妃としてやることはそれほど多くない。それでも公務と呼ばれるものはあるので、ロニオンでも後宮でも自分のためにしか時間を使ってこなかったティアリスにとって、毎日が新鮮だった。

「元々いない時期が長かったので、聖王妃でなければできない務めというものがないんです。だから肩肘張らなくても大丈夫ですよ。できることから少しずつ増やしていきましょう。もちろん色々なことを学ぶこともまた聖王妃として必要ですよ」

そう言ったのは、セヴィオスの侍従をする傍ら、ティアリスの公務の補佐をすることになったヨルクだ。ティアリスはその言葉に少しだけ甘え、自分でもできる公務を行いながら勉強も続けた。今までの家庭教師にも引き続き来てもらい、世界情勢を学ぶ一方で、宰相夫人から宮廷の作法も学んでいる。

「ただ、まだまだティアリス様は聖王妃としては未熟です。あまり大勢の者と会話をしないですむような仕事を中心にしましょう」

「ヨルクに任せるわ」

社交がそれほど得意ではないティアリスとしてはその方がよかった。

だからだろう。セヴィオスとヨルクがティアリスをあまり人目に触れさせないようにしていることにティアリスが気づくことはなかった。ティアリスと会話ができる人間も厳選されていることも。自分が彼らが作り上げた箱庭の中で守られて生活していることも。

「後宮を、閉じるのですか？」

「あそこは開けておくだけでも維持費がかかるからね。もうすぐ王女たちも全員あそこから出るから、前のように閉鎖することが今朝決まったんだ」

朝議から戻ってきたセヴィオスがクラヴァットをゆるめながら言った。

セヴィオスは政務と公務で忙しいが、少しでも時間があるとこうして部屋に戻ってきてティアリスと過ごす。二人にとって貴重な時間だ。互いの公務がない時間しか会えないのだから。

「そうですか……。仕方ないとはいえ、少し寂しいです」

最初は冷遇されて始まった後宮生活だったが、セヴィオスと出会ったあとはティアリスにとっては穏やかで幸せな日々を過ごした場所になった。その最初のきっかけになったのが壁の穴だ。あれを見つけて勇気を出してくぐったことで、ティアリスの人生は変わった。

「閉鎖されてしまったら……もう壁の穴からセヴィオス様の庭に出入りすることはできないのですね……」

残念そうに呟くと、ティアリスの隣に腰を下ろしたセヴィオスは笑いながら彼女を抱き寄せた。

「わざわざ壁の穴を通らなくても、あの庭に行きたければ屋敷の正面から入ればいい」

「そういえば、セヴィオス様の屋敷はどうなったのですか？　お庭は？」

セヴィオスが主居館に移り住んで半年が過ぎた。ティアリスもほとんど屋敷には行かなかったので、今どういう状況になっているか知らなかった。

「あそこにいた使用人はみんなこっちに連れてきてしまったからね。誰も住まないから閉鎖しようと思っていたんだけれど、あそこは生まれ育った屋敷だし、ティアリスと出会った場所でもあるから管理人を置いて維持することにした。庭も時々カルヴィンが手入れに行っているから大丈夫」

「そう。よかったです」

ティアリスはホッと胸を撫で下ろした。

「ただ、後宮は開けておくのは無駄だから」

「分かっています。あそこを維持するのは大変ですもの」

少しだけ間を置いてティアリスは尋ねた。

「セヴィオス様。後宮を閉鎖する時……私も立ち会っていいでしょうか？　邪魔にならないようにしますので」

感傷に過ぎないことは分かっているが、六年間穏やかに過ごした場所が役割を終えて閉じられるのを見送りたいと思ったのだ。

「そうだね、そっとならかまわないよ。あとで君の予定を調整するようにヨルクに言っておこう」

「ありがとうございます」

嬉しくて笑みを浮かべると、それを見たセヴィオスがティアリスの唇に口を寄せた。

「んっ……」

初めは触れるだけだったキスが、あっという間に深いものになる。吐息が交ざり、舌が絡まり、唾液が交差する。

「ふぁ……ん、ぅ……」

舌を触れ合わせながらティアリスの腰に熱とゾクゾクとしたものが溜まっていった。

「……はぁ……公務なんて投げ出してティアリスとこうしていたい」

口を離して熱っぽくセヴィオスが呟く。ティアリスは恥ずかしくなって目を背けた。

「さ、昨夜、いっぱいしたじゃないですか」

「足りない」

セヴィオスはティアリスの手を取ると、自分のトラウザーズの前の膨らみに導く。そこは厚手の布を通してもはっきり分かるほど盛り上がっていた。ティアリスの喉がごくりと鳴る。顔が燃えるように熱かった。

忙しいセヴィオスだが、どんなに遅くなっても夜は必ず戻ってきてティアリスと甘く淫らな時を過ごす。ロニオンを盾に脅された形でなった聖王妃だが、セヴィオスが性急だったのは純潔を奪われた日だけだ。あれ以降、あんな暗い目をしたセヴィオスは見たことがないし、いつだって優しい。夜の営みも手淫や口淫でティアリスをさんざん蕩かせてから繋がる。

いつだったかセヴィオスが言っていたように、太いものに貫かれて痛みを感じていたのは最初の十日ほどだけで、今では痛みもなく彼のものを受け入れることができるし、焦らされて、自分から挿れて欲しいと求めてしまうこともあった。

――自分はいつのまにこんなに淫らになってしまったのだろう？

純潔を失って以来、毎日のように欲望を注がれ、日々淫猥になっていく身体にティアリス自身が戸惑っていた。ロニオンのためと言い訳しながら、セヴィオスに抱かれることを楽しんでいる。セヴィオスに抱かれている時に、ロニオンのことなど頭にないくせに。頭の中にあるのはセヴィオスと彼が与えてくれる快感のことだけ。

十六歳になった日から、セヴィオスはティアリスの身体を彼なしでは生きていけないようにするつもりで調教し続けていたが、今、その思惑どおりになりつつあった。

ティアリスはセヴィオスを拒めない。いつどんな時であろうとティアリスの身体は彼の求めに悦んで応じてしまう。

「悪い子だね、ティアリス」

無意識にセヴィオスの雄を撫でていたティアリスは、その言葉にハッと我に返った。掌に感じる膨らみは先ほどよりももっと大きくなっている。慌てて手を放して俯くが、その顔は耳まで真っ赤に染まっていた。

――私ったら、なんてことを……！

「わ、私……、その……」

「これから間もなく公務が始まるのに、これでは困ったね」

くすくすと笑いながらセヴィオスがティアリスの顎を摑んで上向かせる。それから親指の腹でティアリスの下唇の膨らみを意味ありげに撫でまわす。

「ティアリス、責任取ってくれる？」

彼が求めているものは明らかだった。じわりとまた奥から蜜が染み出してくる。

「……はい」

急に喉の渇きを覚えながらティアリスはこくんと頷いた。

ソファに座ったセヴィオスの前に跪き、おずおずとトラウザーズに手を伸ばす。少し震える手で前のボタンを外し、少し下にさげると窮屈そうに収まっていたものが飛び出してきた。反り返り、赤黒く膨らんだセヴィオスの屹立は、涼しげな顔立ちの彼のものとはとても思えない。けれどこれがティアリスを毎晩のように貫き、信じられないような愉悦をもたらしてくれるのだ。

ティアリスは頭に置かれたセヴィオスの手に導かれるように怒張に顔を寄せた。先端から零れ落ちる雫を舌で舐め取る。口に広がる濃厚な雄の香りに頭がクラクラした。決しておいしいとは思えない味なのに、セヴィオスのものだと思うとまったく気にならない。

もっと味わいたくなって、膨らんだ笠の部分、括れ、竿と唾液を塗り込めるように舌を這わせる。裏筋の部分を舌先で辿ると屹立がビクビクと脈打ち、さらに膨らんでいった。

様子を見るためにちらりと見上げると、セヴィオスは気持ちよさそうに目を細めティアリスを見おろしている。自分の奉仕に彼が感じてくれるのが嬉しくて、さらに舌と唇を使って愛撫していく。

「ふっ……ん、……んんっ……んくっ……」

「すごく……いいよ、ティアリス。すっかり上手になったね」

セヴィオスはやや掠れた声で囁きながらティアリスの頭を撫でる。

――セヴィオス様に褒《ほ》められた……嬉しい……。

もっと褒められたくてティアリスは口を開いてセヴィオスの屹立をぱくりと咥えた。歯を立てないように、唇の裏側で滑らせるように咥えこみ、顔を上下させる。舌を使うことも忘れない。先端の方を主に刺激しながら手を添えて竿の真ん中から根元にかけて扱《しご》く。

ティアリスが口淫をしたのはこれが初めてではない。この三か月の間にセヴィオスを身体で悦ばせる方法を色々と教え込まれてきた。

ティアリスは初潮も来ていない時に母親を亡くし、それから間もなくファランティーヌの身代わりとしてブラーゼンの後宮へ送られた。そこでも家庭教師は男性だったこともあり、彼女には詳しい性の知識を教えてくれる人間がいなかった。

唯一ティアリスに教えられる立場にいたのがユーファだったが、彼女は独身だ。女性の身体のことは教えられても男女の営みのことについては彼女自身も詳しくなかった。そのため、セヴィオスに身体を弄られるようになった時、ティアリスの性知識は真っ白なままだったのだ。

それをいいことにセヴィオスは自分好みの性技を彼女に教え込み、ティアリスは彼に教わるままそれを素直に受け止めた。そうするのが普通だと教えられたこともあって口淫に対する忌避感もなく、セヴィオスを悦ばせるためにひたすら彼の好みのやり方を学んだ。

まさか自分のやっていることが娼婦顔負けの行為であるとは夢にも思っていなかった。

口の中でセヴィオスの屹立がますます膨らんでいく。先端から先走りの汁がにじんでいることに気づいてティアリスは口腔をすぼめてちゅっと吸い上げた。

「……くっ……」

セヴィオスが息を詰める。それを上目づかいに確認しながらティアリスは唇でセヴィオスを扱いた。

「ティアリス……」

頭に添えられた手に促されて屹立を喉まで飲み込んでいく。

「ふ……んん、ん、く、んっ、んぐ……」

セヴィオスの肉茎は大きくてすべてを収めることはできないし、息が苦しくて何度もえずきそうになる。でも、こんなに苦しいのに、ぐっぐっと喉の奥に先端がぶつかるたびに、なぜかじわじわと腰の芯に疼きが広がっていくのだった。

明るい陽射しが差し込む部屋にティアリスの鼻から抜ける、こもったような声と、淫靡な水音だけが響いていた。

やがてセヴィオスは歯を食いしばりながら、ティアリスのうなじを摑んで腰を押しつける。

「っ……出すよ……」

ぐっと奥まで屹立を突き入れられて、ティアリスの喉が一瞬だけ詰まった。直後、鈴口から爆ぜた飛沫が喉の奥に流し込まれる。

「っ……！」

苦しい息の中、ティアリスは目に涙を浮かべながら喉に絡みつく白濁を嚥下《えんげ》していく。

「……んっ、んくっ……」

時間をかけてようやくすべてを喉の奥に流し込んだティアリスは、最後に口をすぼめて残った雫を吸い上げると、ゆっくりとセヴィオスの脚の間から顔をあげた。

トロンと蕩けたような青い目がセヴィオスを見上げる。淫靡さと清楚さが混じり合ったその姿に、欲望を解消するどころかさらに煽られたセヴィオスはティアリスをソファに引き上げると、ドレスの裾をまくろうとした。その時だった。

「陛下？　そろそろ公務のお時間ですよ」

扉の外からヨルクの声が聞こえ、セヴィオスは盛大に舌打ちしながら立ち上がった。

「時間切れか……、本当に公務なんて放りだせたらいいのに」

ぶつぶつ言いながらトラウザーズを引き上げボタンを留めると、セヴィオスはソファの上でぼうっとしているティアリスの唇に口を押しつけた。

「この続きはまた夜に。いい子で待っているんだよ、ティアリス」

そう言い残してセヴィオスは部屋を出て行った。一人残されたティアリスは我に返って顔を真っ赤に染める。

――昼間から、私たち、なんて行為を……。

恥ずかしいのはそれだけではない。口淫をしている間、ティアリスの官能まで刺激されてしまい、子宮は疼くし、すっかり秘部を濡らしてしまっていたのだ。また下着を取り換えなければならなくなりそうだ。ユーファに何と言われることか。

――せめて、後宮に来たばかりの頃のように、自分の下着は自分で洗えたらいいのだけれど。

だがそんなことをしたらユーファは怒るだろうし、他の侍女たちは顔を真っ青にさせて「そんなことを聖王妃様にさせられません！　私どもが怒られてしまいます！」と訴えるだろう。

どうもユーファ以外の侍女はティアリスをスプーンとフォークより重たいものを持ったことがない深窓の姫か何かだと勘違いしている節がある。身支度も、自分で髪を梳かそうとするくらいで大騒ぎだ。

ロニオンでは「庶子の王女」と呼ばれ侍女一人つけてもらえず、後宮ではユーファが来るまで自分の世話は自分でやっていたくらいなのに。

「聖王妃ともなればそういうものなのかしら？」

――今度会った時に、宰相夫人に尋ねてみよう。

そんなことを考えながら、何とか火照った身体を落ち着かせたティアリスはソファから立ち上がった。

＊＊＊

あとから考えればあちこちに綻びはあったのだ。

けれどティアリスは無知で盲目で、なかなか気づくことができなかった。もしかしたらわざと目を背けていたのかもしれない。

ようやくその綻びにティアリスが気づいたのは、閉鎖される後宮を見守るために三か月ぶりに足を踏み入れた時のことだった。

その日、後宮に残っていた最後の王女の出立を見送るために、ティアリスはユーファたち侍女と護衛の兵士たち、それに後宮の閉鎖を確認するために同行した総務官の一人と共に、あの高い門から少し離れたところに立っていた。後宮はその王女が発ち次第、閉鎖されることになっている。

それまでに人質として後宮に集められた王女はほとんどが国元へ戻っていた。最後まで残っていたのは訳ありの王女たちだ。帰っても国に居場所がない王女。帰ったら命がないために帰国を拒否している王女。そして戻るべき国がもうない王女だ。

セヴィオスはそんな彼女たちに、修道院へ行くか、身分を捨てて宮殿内で上級使用人として働くか、あるいは地方の信頼できる領主のもとで王女としての待遇だが監視付きの軟禁生活を送るかのどれかを示した。国元へ帰れない王女はそれぞれ一番よいと思う道を選んで、後宮を出発していった。そして今日、最後まで残っていた王女が後宮を出て行く。

見守っていると、最後の王女が侍女と一緒に建物の外へ出てきた。先頭をゆっくり歩く王女は、白い飾り気のないシュミーズドレスを身に纏っている。その後には兵士と彼女の荷物を載せた台車を引いた男性が続いた。

最後の王女は監視付きの軟禁生活を選んだ。引き取り先探しにやや難航したものの、小さな地方都市を領地に持つ貴族のもとへ行くことが決まった。彼女はこれから一生その領地から出ることなく生きていく。王女として。

ただ、厳密に言えば彼女はもう王女ではない。国はとうに滅び、今はブラーゼンの支配下にあった。国の名前は残っているものの、ブラーゼンの一地方という認識だ。かつてはブラーゼンに次ぐ国土を持っていたその国の名前はナダという。

ティアリスは開けられた門をくぐる王女を見つめながらかつての彼女を思い出し、何ともいえない気持ちになった。後宮にきて最初の一年。あの時のナダの王女は第一王子、第二王子、第三王子とそれぞれに言い寄られて、後宮一の権勢を誇っていた。一度だけ後宮で彼女を見かけたことがあるが、とても豪奢なドレスを着て、取り巻きの王女たちを従えていた。一方ティアリスは冷遇され、ロニオンから持ってきたおさがりのドレスを身に着け、人の目を避けるように生活していた。

今のティアリスとナダの王女は、あの時とは逆だ。ティアリスは自分の豪華なドレスを見おろした。細かい刺繍の施された紫色の生地とブラーゼンの最高級のレースがふんだんに使われたドレスはとても高価なものであることが一目で分かる。このドレスを着たティアリスを見て、聖王に見初められて不遇の王女から聖王妃になれた幸運な王女だと見なす者は多いだろう。そしてかつての姿はもう見る影もないナダの王女の零落ぶりを笑う者も。けれどティアリスは笑えなかった。もし何かが一つ違えば、あそこで歩いているのはティアリスだったかもしれないのだ。

――せめて。せめて落ち着き先で、あの方がずっと心穏やかに過ごせますように。

そう祈った時だった。門を通り過ぎて外に出たナダの王女がキョロキョロと見まわし、ティアリスの姿に気づいたのだ。ナダの王女は怪訝そうにティアリスを見つめ、誰だか分かったのだろう。いきなり顔を険しくさせてこちらに向かって歩き始めた。後ろで侍女、そして兵士が慌てて制止する声をかけるも、彼女の歩みは止まらない。

「ティアリス様！」

ユーファがティアリスの前に庇うように出た。護衛の兵士たちもナダの王女を止めるつもりなのか、前に出て剣の柄《つか》に手を置く。ナダの王女は行く手を遮られ、足を止めた。けれど彼女は、兵士たちの間からティアリスを睨みつけて言い放った。

「祖国が滅ぼされたというのに、手を下した男の妃になるなんて、愚かな女ね！」

「……え？」

「聖王妃様に近づくな！」

兵士がナダの王女の腕を摑んで引き離そうとする。ナダの王女はティアリスから引き離されながらなおも叫んだ。

「わたくしとお前と何が違うというの!?　なぜお前がそこにいてわたくしは田舎に追いやられなければならないの!?」

ティアリスはナダの王女が何を言っているのか分からず唖然としていた。

——祖国が滅ぼされた？　何のことを言っているの？

「聖王妃様。お気になさらず！　ただの戯言です。あの女性は気が触れているのです！」

総務官が慌てて言う。それから彼はナダの王女をティアリスから遠ざけている兵士や、その後ろでおろおろしている彼女付きの侍女、後宮の兵士たちに声を張り上げた。

「おい！　早く連れて行ってくれ！」

そうしてナダの王女はその場にいた者総がかりで元の場所――つまり後宮へ戻されていったのだった。門は閉じられ、その姿はあっという間に見えなくなる。

その場に残ったのはティアリスとユーファたち侍女、総務官、もう一人の護衛。それに、少し離れたところに停められていた、ナダの王女を迎えにきたと思われる馬車だけだった。

「ティアリス様。戻りましょう。今日後宮を閉鎖するのは無理なようですし」

「そ、そうね」

ユーファの言葉にティアリスは頷き、後宮をあとにしたが、自室に戻っても落ち着かない気分は続いていた。

――一体……ナダの王女は何を言っていたのだろう？　祖国が滅ぼされた？　手を下した男の妃になる？

意味がよく分からなかった。祖国が滅ぼされたのはナダの王女でないか。それもセヴィオスの手によって。

やはり総務官の言うとおり、気が触れているのか。

それでも気になってティアリスはユーファに尋ねる。

「ねぇ、ロニオンのことで何か聞いている？」

「いいえ。私は特に聞いておりませんが……」

さらりとユーファは答える。次にティアリスは後ろに控えていた他の侍女たちに声をかける。

「ではあなた方は？　何か聞いていない？」

　すると侍女たちは一様に首を横に振った。

「い、いいえ。私たちも何も存じておりません」

「そう……」

　ティアリスは侍女たちを眺めて、ここで初めて彼女たちのどこかぎこちない態度に不審を抱いたのだった。けれど、それ以上何か言う前に、セヴィオスがティアリスの部屋に突然やってきてうやむやになってしまった。

「聞いたよ、ティアリス。ナダの元王女のこと」

　どうやらセヴィオスはあの総務官に一連のことを聞いて、公務を中断してわざわざティアリスの様子を見に来てくれたらしい。

「気が触れた女とかち合わないように、もっと配慮するべきだった。すまない」

「いいのです、セヴィオス様。彼女が私に気づいて近づいてくるなんて、誰も予想できなかったのですから」

「いや、あの手の女が大人しくしているわけがないと予想しておくべきだったんだ」

　思いのほか厳しいセヴィオスの口調に、急に心配になってティアリスは尋ねた。

「あの、セヴィオス様。ナダの王女はどうなるのでしょう？」

　セヴィオスはティアリスを抱き寄せ、彼女の髪を撫でながら答えた。

「君が心配することではないが……そうだね、田舎でゆっくり静養してもらおうと思っていたんだが、今日の報告を聞いた限りでは彼女は病院に送るのが一番いいようだ。またおかしな言動をしても、すぐに医者に診てもらえるからね。さっそく手配するよ」

その日以降、ティアリスはナダの王女を見ていない。彼女がいつ後宮を発ったのか、どこへ向かったのか知らされないまま、後日ティアリスの立ち会いのもと、すでに誰もいなくなっていた後宮は封鎖された。

次の綻びにティアリスが気づいたのはその半月後のことだった。

もしナダの王女のことがなければティアリスは一生知らずじまいだったかもしれない。そしてそのことが、ティアリスが知らない間に入れられていた箱庭に大きな亀裂を生みだすのだった。

＊＊＊

その日の午後、ティアリスは部屋でドレス専門店を営む商人の訪問を受けていた。宰相夫人御用達の店で、彼女の紹介だった。

ロニオンでは城で雇われたお針子が王族のドレスを作っていたが、ブラーゼンでは驚くことにドレスメーカーやドレス専門店が多くあり、それぞれの店でお抱えのデザイナーやお針子たちが腕を競っているのだという。側室や王女たちもそれぞれの贔屓の店からドレスを仕入れているとのことだった。

ティアリスはドレスにそれほど興味があるわけではないが、色とりどりの糸や、見たこともない種類の生地を眺めているのは楽しく、広げられた商品を興味深げに眺めていた。

「この生地はどうです？　薄いので幾重にも重ねられますぞ」

「いいわね。この色違いの生地で五着ほど作ってもらえるかしら。ごてごてしないで、ティアリス様の線の細さや華奢なのを活かしたデザインがいいわ」

主に吟味してドレスを注文するのはティアリスではなくユーファだ。詳しくない上に何のドレスが必要なのかティアリスでは分からないので、全てまかせることにしたのだった。

「かしこまりました。さっそくデザイナーにこの生地の特性を活かしたデザインを考えさせましょう」

商人はユーファにつきっきりだ。彼女が主体だと分かっているからだろう。

一方ティアリスと他の侍女たちの近くにいて、デザイン画と生地を彼女たちに見せているのは商人が連れてきた助手だった。歳は二十代の半ばほどだろうか。濃い茶色の髪に榛色の瞳をしたなかなか見目麗しい男性だ。人当たりもよさそうだった。

「これが今店で一番人気のデザインです。生地によって質感ががらりと変わるのです」

「まぁ、素敵なデザイン！」

侍女たちは若い男性がいるせいか、いつもより浮かれているようだ。どうやら商人が若い男性を助手として連れてきているのは、女性相手に受けがよいからららしい。

「聖王妃様、聖王妃様もこのデザインご覧になってください」

　助手がデザイン画をティアリスの方に向けて言った。侍女たちが「素敵なデザイン」だと褒めるのでどんなものかと思い、ティアリスは身を乗り出してそのデザインを見ようとする。助手が彼女にもっとぐっと近づく。デザイン画を覗き込んだティアリスは、その時膝に置いた手の下に何かがすっと差し込まれるのを感じて目を見開く。何かを包んだ紙のようなものだった。

　ティアリスは不思議そうに見上げる。目が合った瞬間、助手が真剣な顔で微かに頷く。どうやらこれを入れたのは間違いなく彼らしい。

「どうでしょうか、聖王妃様、このドレスのデザインは」

　助手が言いながらデザイン画を指さす。彼が手にしているデザイン画に視線を落とすと、そこにはドレスのデザイン画の上に何かの字が書かれた紙がのっていた。ロニオンを含む北方で使われている文字だ、ということに気づいてティアリスはドキッとなった。紙にはこう書かれてあった。

『ロニオンのことで重要なお話があります。どんなに重要な話かはお渡ししたものが証明してくれるでしょう。日が落ちる頃、どうか中庭に足をお運びください。そこでお待ちしております』

　――ロニオンのことで重要な話？

　ティアリスは目を瞬かせる。本来であればこのような不審な行動をする者のことは侍女たちに知らせて調べさせるべきなのだろう。けれどロニオンのことで重要な話と聞いた瞬間、なぜかナダの王女の言葉を思い出してしまったのだ。

『祖国が滅ぼされたというのに、手を下した男の妃になるなんて、愚かな女ね！』

周囲の者は皆ロニオンのことは聞いていないという。あの王女は気が触れていると。けれどティアリスにはナダの王女が狂っているようには見えなかった。

渡された紙をきゅっと握り締め、ティアリスは助手に向かって小さく頷いた。

――ロニオンのことを聞けば、この不安はなくなるかもしれない。

助手も「分かりました」とでも言うように頷いたあと、わざとらしく声を張り上げた。

「ああ、聖王妃様もこのドレスのデザインをお気に召したのですね！　よろしければまた次の機会に実際のドレスをお持ちしましょう」

「……そうね、お願いするわ」

たちまちユーファが反応する。

「え？　どれですか？　どのデザインがお気に召したのですか、ティアリス様」

「こちらでございます」

助手がデザイン画をユーファに渡した。もちろんそこには例の文字が書かれた紙はのっておらず、ドレスのデザイン画だけだった。

「どうでしょう。生地の種類によってかなり印象が変わるドレスなので、生地選びが重要になるかと」

「そうね、いくつか見本が見たいわ」

「おお、ではこちらなどどうでしょう！」

商人が口を挟む。この瞬間、ユーファも侍女も誰もティアリスの方を見ていなかった。

——今のうちに……。

助手から渡された紙を見つからないようにこっそり開いてみる。すると中から出てきたのは花をかたどった首飾りだった。ただし、鎖は切れて全体的に浅黒い汚れのようなものがこびりついているし、真ん中には石が飾ってあったようだが、それも半分に割れていた。

——これは一体何かしら？　見覚えがあるようなないような……。

けれどどこで見たのか、どうして汚れているか、そしてなぜこれを彼が自分に渡そうとしたのか分からず内心で首をひねる。けれど突然、本当に突然、天啓のように答えが降ってきた。

——これはお父様の……首飾り？

ティアリスは数えるほどしか父王と会ったことはない。その数少ない機会でもなぜかほとんど父王の目は見ず、顔ではなくて首から下に視線を向けていた。最後に会った時もそうだ。だから、覚えている。いつも父王の胸に同じ首飾りがかかっていたことを。

花の形は国名の由来にもなったロニオンの花で、真ん中にはロニオンの特産品であるフメール鉱石の大きな原石がはめ込まれていた。誰かが、それは王冠とセットになった首飾りで、国の宝の一つだと言っていたのを思い出す。

——なぜ、これがここに？

もちろん本物であるかどうかティアリスには判別がつかない。手に取って見たことも、すぐ近くで見たこともないのだから。偽物だと言われてもそうかと頷くしかないのが現状だ。でも、わざわざ汚れた偽物をティアリスに渡す必要はない。

——一体何がどうなっているの？

首飾りを握り締めながらティアリスの頭の中でナダの王女の言葉がぐるぐると回っていた。

その後のことはほとんど記憶にない。気がつくと商人やあの助手は帰っていて、いつものように侍女たちに囲まれていた。ただ、誰も不審そうにティアリスを見ていないことから、ちゃんと受け答えはしていたようだ。一番敏いユーファがヨルクに呼ばれて席を外していることもあるだろう。

『日が落ちる頃、どうか中庭に足をお運びください。』

ポケットに忍ばせた首飾りにそっと触れながら、ティアリスは文面を思い起こす。もう心は決まっていた。

助手が言っていた中庭というのは、おそらく本宮殿と主居館を結ぶ回廊に面した中庭のことだろう。

日没が近づいた時、ティアリスは周囲の侍女たちに「本宮殿の陛下の執務室へ行きたい」と告げ、部屋を出た。もちろん聖王妃であるティアリスが一人で出歩くことはできない。侍女が一人と、護衛の騎士が二人ほどついてくる。

本宮殿に向かって廊下を歩きながらティアリスはどうやって一人になるか思案した。中庭を見たいと言いだせばいいだろうか？

けれど、結局ティアリスは何もする必要がなかった。ちょうど回廊に差しかかった時、いきなり背後から誰かが襲い掛かってきて護衛に斬りつけたからだ。護衛はとっさに剣を抜いてそれを防いだ。襲ってきた賊は上から下まで黒っぽい服で覆っていた。ちょうど日が落ちて辺りが暗くなっていることもあって、顔もよく判別できない。

「聖王妃様、下がってください！」

もう一人の護衛が言いながら賊に向かって剣を振りかぶる。賊はその剣戟を剣で受け止め、数回切り結ぶと、二人相手は不利と見たのか、主居館の方に向かって逃げていく。

「待て！」

「聖王妃様！　我々は賊を追います！　王妃陛下はひとまず陛下のいる本宮殿へ！」

護衛はそう言い残して賊を追って走り出した。あとに残ったのは侍女とティアリスの二人だけだ。

「聖王妃様、本宮殿に急ぎましょう」

「え、ええ」

侍女に急かされて回廊を回り、本宮殿に通じる出入り口へと向かう。けれど、その時、今度は本宮殿の方から「きゃあああ！」というような悲鳴が響いてきた。ティアリスと侍女は思わず顔を見合わせる。

——まさかあちらにも賊が？

「ど、どうしましょうか、聖王妃様」

何となくこれはティアリスの周囲から人を引き離すための陽動なのではないかという気がした。賊も、あの声も、あの助手か、もしくはその仲間たちなのかもしれない。

ティアリスは落ち着いた声で侍女に言った。

「私はここにいますから。あなたは本宮殿に行って様子を見てきてちょうだい」

「わ、分かりました。すぐ戻りますのでしばしお待ちを」

侍女はそう言って本宮殿の方に急いで足を向ける。ティアリスは侍女の姿が本宮殿の出入り口に消えると、ふぅっとため息をついた。その直後、中庭から声がした。

「どうかそのままで、聖王妃様。誰かがすぐ戻ってくるかもしれません」

声は昼間の助手のものだった。声は案外近くでした。回廊に立つティアリスから近い位置にある茂みの陰にいるようだった。

「ここまで私を信じて来てくださってありがとうございます。聖王妃様……いえ、ここはあえてこう呼ばせていただきます。ティアリス王女殿下」

「……あなたは、誰なの？」

声を潜めて尋ねると、すぐに答えが返ってきた。

「私はディナント・オーガスター。ロニオンの貴族、オーガスター伯爵家の嫡男です」

「やっぱりロニオン人だったのね」

「はい。父のオーガスター伯爵は以前外務大臣をしておりました」

「外務大臣？　もしや、六年前ブラーゼンに私を送り届けてくれた、あの？」

「はい、そうです」

ティアリスの脳裏に顎鬚を蓄えた中年の男性の姿が浮かんだ。ブラーゼンに行く道中、彼には色々なことを教わっていた。

「外務大臣を交代されたそうですね。あの方はお元気ですか？」

尋ねたティアリスは次の言葉に唖然となった。

「父は死にました。突然侵攻してきたブラーゼン軍に殺されたのです」

「……え？」

――殺された？　あの外務大臣が？　ブラーゼン軍によって？

「ど、どういうこと……？」

「話したい重要なロニオンの話とはそのことなのです。殿下、殿下は聖王に騙されているのです。奴が周囲の者にロニオンのことで箝口令を敷いていると知って、私は確信しました。殿下は何も知らずにあの悪魔の妃にされたのだと」

「ディナント？」

「いいですか、よく聞いてください、殿下。ロニオンという国はもうありません。あるのはロニオンの名を騙ったブラーゼンの属国です。以前のロニオンはすでに滅びています」

——ロニオンが滅びている……？

まさかという思いとやはりという思いが交差する。それでもティアリスの心の大半を占めているのは信じられないという思いだった。

「……いつ？　それはいつのことです？」

「ほぼ一年前のことです」

「一年も前に!?」

そんな前にロニオンが滅びてしまったのにどうして自分はそのことを知らないのか。……いやそれ以前に国がもうないのならどうしてティアリスは聖王妃になれたのだろう？

「信じ……られないわ……」

「ですがこれが真実なのです。一年前、ブラーゼン神聖軍がアザルス帝国を攻め滅ぼすために大軍を率いてやってきました。この国の者たちが言う、いわゆる『北征』です。事前に通知がなされていたのでブラーゼン軍がやってきた時は、ただロニオンを通過するだけだと思われておりました。けれど違っていたのです。ブラーゼン軍はロニオンがアザルス帝国と通じているると言いがかりをつけて突然わが国に侵攻を始めたのです」

大軍の前にロニオン軍は抵抗らしい抵抗もできず、次々と都市や街が陥落していったという。ブラーゼン軍の宣戦布告からわずか十日ほどで王城は落ち、ロニオン国はその歴史に幕を下ろした。

「お父様や王妃様やお兄様……ファランティーヌお姉様はどうなさったの？」

「全員亡くなりました」

ティアリスは大きな目を見開く。

──亡くなった？

「殺されたのです──北征を指揮していたブラーゼン神聖軍元師セヴィオス・ブラーゼン第四王子……いえ、今の聖王によって」

「……セヴィオス様が……？」

くらりと目の前が真っ暗になり、ティアリスの上体がぐらりと揺れた。が、すぐに我に返り、ぐっと足に力を入れて何とか倒れるのをこらえる。

「大丈夫ですか、ティアリス様」

「大丈夫。……それより信じられないわ。セヴィオス様が……」

信じられないと言うより信じたくなかった。

「殿下にお渡ししたのがその証拠にございます。あの首飾りがいつも陛下の首を飾っていたのは殿下もご存じのはず」

「……ええ。でもあれは本当にお父様のものなの？」

「間違いなく陛下の形見です。私の仲間が晒されていた陛下のご遺体から、何とか持ち出したものですから。あの首飾りは汚れておりましたでしょう？　あれは陛下の血ですよ」

「お父様の……血……」

ティアリスはゾッと身を震わせた。確かに首飾りには黒ずんだ汚れがあちこちに付着していた。けれどまさかあれが血であるなんて夢にも思わなかった。

「これで分かったでしょう？　殿下は聖王に騙されているのです」

――騙されている？　私がセヴィオス様に？

信じたくなくてティアリスは震える声で答えていた。

「……何か、理由があったのでしょう。でなければセヴィオス様がそんなことをなさるはずないもの。私にロニオンのことを隠したのだって、他に何か理由が……」

「殿下を騙す以外他に何の理由があるというのです？」

どうあってもセヴィオスのやったことを正当化したがるティアリスに焦れたのか、ディナナントは苛立たしそうに問いかける。けれど、その言葉に答えている時間はなかった。

「聖王妃様～！」

本宮殿の方から先ほど様子を見に行った侍女が慌てて戻ってくるのが目に入る。ディナントは舌打ちし、声を落としてティアリスに囁いた。

「殿下。必ず我々があの悪魔から殿下をお救いします。しばらくご辛抱を」

その言葉を最後にディナナントの気配は消えた。と同時に侍女が回廊に姿を現してティアリスに駆け寄る。

「お一人にして申し訳ありませんでした、聖王妃様。確認しましたが、本宮殿の方で賊が出たという形跡はなく、先ほどの悲鳴の出どころは不明だそうです」

「そう……」

やはりあれはディナナントの陽動作戦だったのだろう。ティアリスは深呼吸をして、侍女に言った。

「陛下に会いに公務室へ行きましょう」

中庭にくる口実に過ぎなかったものが、今や本当の目的になっていた。

「ティアリス、よく来たね」

「セヴィオス様、お聞きしたいことがあります」

笑顔でティアリスを迎え入れたセヴィオスは彼女の硬い表情に眉をあげた。ティアリスは自分の連れてきた侍女をねぎらい、部屋から下がらせると、セヴィオスを見上げる。空気を読んだのか、部屋にいたヨルクが口を挟んだ。

「私も下がっておりましょうか？」

「……いいえ、ヨルクはいてください」

ヨルクもセヴィオスと一緒に北征に従軍している。ロニオンで何があったのか彼も知っているはずだ。

「それで、どうしたんだい、ティアリス？　聞きたいことって何かな？」

セヴィオスが柔らかな口調で尋ねてくる。ティアリスは言いよどんだ。聞きたいことがあると乗り込んできたものの、この段階になってもティアリスは完全にはディナントの言葉を信じることができなかった。でもここで尋ねなければおそらくティアリスはずっと疑惑を抱いたまま過ごすことになる。ティアリスは深呼吸をして口を開いた。

「……ロニオンのことです。ロニオンが滅びたというのは本当のことですか？　セヴィオス様がお父様や王妃様たちを殺したというのも？」

「それは誰に聞いたの？」

反対に穏やかな声で聞き返され、言葉に詰まる。ディナントのことは言わない方がいい気がした。明らかに身元を偽って宮殿にやってきたのは明らかだったからだ。

「それは……言えません」

けれどセヴィオスはすぐに点と点を結びつけたようだ。ヨルクと顔を合わせて頷き合う。

「先ほどの賊か。見つからず無事に逃げおおせたようだが、どうやらロニオンの残党だったようだ。もう少し黙っておくつもりだったけれど、ブラーゼンに密かに入国した連中が動き始めているのなら、仕方ないか」

「ええ。どうやらティアリス様に接触を始めたようです。この状況では知らない方が却って危険かと」

「……セヴィオス様？　ヨルク？」

二人の話がまったく理解できずティアリスは戸惑う。それに、ロニオンの残党？

「ああ、ティアリスはロニオンの話が聞きたいんだっけね」

大きくて豪華な机の向こうで、セヴィオスがにっこり笑いながら答える。

「ロニオンが滅びたという話は本当のことだ。ロニオン王も王妃も、第二王女も王太子もみんな亡くなった。君の知っているロニオンはもうない」

――ロニオンはもうない。お父様も王妃様も、ファランティーヌお姉様も死んだ。

今度はやはりという言葉もまさかという言葉も浮かばなかった。ただただ頭の中が真っ白になる。

「あそこは今ブラーゼンから派遣した政務官とロニオン人から選ばれた者たちが自治領として統治している。君に接触しているのは前のロニオンで貴族だったものの、今は没落した連中中だろう」

「……結婚式に来ていたロニオンの外務大臣は？」

「彼は自治政府の外務大臣だ」

――頭の中がぐるぐる回る。

なぜだろう。ディナントに教えられていたのに、直接セヴィオスの口から言われた時の方が衝撃が大きいとは。

「……どうして私に教えてくださらなかったのですか？」

「ロニオンがなくなって亡国の王女になったと言えば君は絶対僕のものになってくれなかっただろう？」

ティアリスは俯く。確かに弱小国の王女だということだけでもセヴィオスの求婚を断ろうとしていたティアリスだ。亡国の王女になったと知ったら、絶対に頷かなかっただろう。

「……どうしてロニオンを滅ぼしたのですか？」

「理由はいくつかあるけれど、第一にアザルス帝国と通じているという情報が前々からあった。アザルス帝国軍と戦っている時に味方だと思っていた相手に背後から襲われるのは御免だからね。最初に安全を確保しないといけなかったんだ。同じようにアザルス帝国と歴史的に縁が深い周辺諸国への牽制の意味もあった。次に」

セヴィオスは淡々とロニオンを侵攻した理由を挙げていく。

「次に、ロニオンは放っておいても近いうちに破たんして国が崩壊していただろうから」

「破たんして、国が崩壊？」

ティアリスは顔をあげた。

「そう、以前ロニオンの特産品であるフメール鉱石の採掘量が年々落ちているという話をしたことがあるだろう？　あれも元々はロニオン王が国王になって以来、国費が無駄に使われるようになって、それを補てんするために鉱石の採掘量を増やしたことが原因だ。ところが王は埋蔵量が減って採掘量も目に見えて減ってきているのに、相変わらず浪費をやめなかった」

脳裏に浮かぶのは、毎年用意されるファランティーヌの誕生祝いの宴。彼女が望むまま与えられる高価なドレスに、宝飾品、調度品。あれらには相当お金がかかったはずだ。

「いずれ鉱石も国費も底をつき、ロニオンは財政的に破たんしていただろう。そうなると周辺諸国にも影響が出てくるのは必至だ。その前に対処する必要があった」

　その理由は確かに頷けるものがあった。薄情にも自分の祖国が滅ぼされたというのに、ティアリスはホッと内心で安堵の息をつく。

　──やはり正当な理由があってのことだったのだわ。

　けれど次のセヴィオスが語った理由にティアリスは愕然となった。

「三つ目の理由は──君のためだ」

「……え？」

　セヴィオスの顔に嫣然とした笑みが浮かんだ。

「ロニオン王や王妃たちはティアリスたちを苦しめてきた。他の連中はそれを止めるどころか加担した。ティアリスをさんざん苦しめたのだから、死んで当然、滅んで当然だろう？　そんな国に価値はない」

「……セ、セヴィオス様……？」

「ああ、大丈夫。なるべく苦しむように殺してあげたからね。王と王妃は城を捨てて隠し通路から逃げようとしたから、捕まえて謁見の間で殺したよ。そう、君がブラーゼン行きを命じられたところだ。第二王女はすでに公爵家に降嫁していて城にはいなかったけれど、夫と共に逃げだそうとしていたから、捕まえて僕が首をはねた。醜悪にも自分だけは助かろうと色仕掛けをしてきたのが気持ち悪くて我慢ならなくてね。もっと苦しませたかったのに、あれは失敗したな」

そう語るセヴィオスの瞳は、ティアリスの純潔を奪ったあの日のように暗く沈んでいた。

「セヴィオス、様……」

ティアリスはぶるぶると震え出す。

——何ということだろう。お父様たちが殺されたのは……私のせい？

動揺するティアリスにさらなる衝撃が襲う。

「ロニオンを滅ぼしたのは、これが一番大きな理由だ。ティアリスがロニオンを必要ないと言ったから」

「————え？」

「北征に出発する前に尋ねただろう？　ロニオンに帰りたいかって。君はここにいたい、ロニオンはもう自分には必要じゃないと言った。ロニオン王や王妃、第二王女にも二度と会いたくないと。もう自分には関係のない人たちだと。君がもし故郷に帰りたい、ロニオン王にも会いたいと言うのなら、ロニオンを残そうかと思っていたけど、君がいらないのなら存在させていても仕方ないからね」

くらっと目の前が暗くなった。

——確かに私はセヴィオス様が発つ直前、聞かれてそう答えた……ああ……！

ガクッと膝の力が抜けて、ティアリスは床にくずおれた。

「ティアリス！」

「ティアリス様！」

慌てたようなセヴィオスとヨルクの声が重なった。

『……何か、理由があったのでしょう』

ディナントと交わした会話が蘇る。……理由は確かに他にあった。ティアリスが必要ないと言ったから、ロニオンは滅ぼされた。ティアリスのためにロニオンは消された。パムももしかしたら、もう……。

――ごめんなさい。

自分がしでかしたことの大きさに、恐れおののきながらティアリスは目を閉じる。

瞼の裏に次々と光景が浮かび上がった。ロニオンの小さな屋敷や、母親の墓、パムの顔が浮かんで消える。その次にティアリスを無視して通り過ぎていく父王と兄の姿が、蔑むようにティアリスを見おろす王妃の顔が、美しい顔に意地悪そうな笑みを浮かべて手を振り上げるファランティーヌの姿が映っては通り過ぎていった。

最後に現れたのは子どもの頃の自分自身だった。床に跪き、頭を擦りつけるように土下座しながら必死に懇願している。

『お願いします！　お医者様が必要なんです！　お母様を助けてください！　お願い！』

でもその願いもむなしく、母親は帰らぬ人となった。ティアリスを最後の最後まで心配しながら。

――あのすべてがなくなった。ああ、やっと解放されたのだ。あの日々から。この心の奥底に渦巻く憎しみの炎から。

口元がふっとゆるんだ。

「――」

知らず知らずのうちに口から言葉が漏れる。その直後、ティアリスは意識を手放した。

＊＊＊

ティアリスはいつの間にかロニオンの謁見の間に立っていた。

けれど、目の前に広がる光景は十一歳の誕生日に見たものとはまるで違っていた。

床のあちこちにロニオン軍の甲冑を着た兵士が倒れていて、以前は塵一つなかった床を真っ赤に染めている。謁見の間には、血と死が充満していた。

――これは、夢？

そうに違いないと思った。だから誰もティアリスに視線を向けないし、彼女もまた目の前で起きていることをただ見つめ続けるだけなのだ。

玉座は空だった。その玉座の前の床に、かつてその席に座っていた王と王妃がブラーゼン神聖軍の黒い甲冑を着込んだ兵に取り押さえられて、跪かせられている。

二人の前には一人の青年が立ち、彼らを見おろしていた。青年の周囲には黒い甲冑を纏った屈強な兵士たちが守るように立っている。その中で細身の青年は、およそ戦場には似つかわしくない柔和な顔立ちをしていた。

——セヴィオス様……。

ティアリスはその青年の姿を呆然と見つめた。ロニオン軍の甲冑を身に着けているが、ティアリスが見間違えるはずはない。間違いなく、それはセヴィオスだった。

けれど、いつもは穏やかなセヴィオスは、今はその顔に美しくも酷薄な笑みを浮かべて父王たちを見おろしている。玉座の前に立ち尽くすティアリスには目もくれない。

なぜならこれは夢で、ティアリスはここにはいないから。

——そう。これは、夢。

ティアリスはこの先起こることを知っていた。

目の前でセヴィオスが父王たちに言った。

「残った兵をかき集めて必死に防戦していた王太子を見捨てて、あなた方だけ抜け道から逃亡ですか？　醜悪ですね。戦死した王太子が気の毒なくらいだ」

この場には似つかわしくない、穏やかな口調だった。けれど、それがいっそう恐怖をかきたてるのか、父王と王妃は青ざめながらぶるぶると震えている。

「実にあっけない幕切れですね。貴族や使用人、側室たちはあなた方を見捨ててとっくに逃げ出し、城を守る兵も大部分は戦いを放棄して逃げてしまった。城の制圧に半日もかからないだなんて、手ごたえがなさすぎてつまらない」

父王がいきなり顔をあげて叫んだ。

「ご、誤解だと申し入れたじゃないか！　我々はアザルス帝国と通じてなんていない！」

「ああ、そんなことはどっちでもいいんですよ」

セヴィオスはあっさりと言った。

「あなた方が本当にアザルス帝国と通じてようが通じていまいがどっちでもかまわないんです。周辺諸国への見せしめなんですから」

「見せしめ……？」

「ここら辺の諸国はアザルス帝国とは縁が深い。かつての盟主のためにブラーゼンを裏切ってアザルス帝国側につくことは十分考えられた。我々としてもアザルス帝国の侵攻中に背後を取られるのは困るんですよ。ですから見せしめが必要だったんです。ブラーゼンを裏切ったらどうなるかという見せしめが」

「な、なんだと……？」

にっこり笑いながらセヴィオスは一歩前に進んだ。その手にはいつの間にか抜き身の剣が握られている。

「一つ教えてあげましょうか。ロニオンを選んだのは、あの子をないがしろにしてさんざん傷つけたからですよ」

「あの子……？」

父王は眉を顰める。誰のことを言っているのか分からないようだ。セヴィオスはかまわず続けた。

「それにあの子がロニオンは必要ないと言ったからです。よかったですね、あなた方の心があの子にないのと同じように、あの子もあなた方はいらないそうです」

「だから何のことだ！」

——ああ、本当に、お父様の心の中には私のことなど、ほんのひとかけらもないのね。

ティアリスの口元に苦々しい笑みが浮かぶ。

「ご心配なく。あなた方の娘も今ヨルクが捕らえにいっています。すぐにあなた方のあとを追わせてあげますよ」

みせかけの優しい口調でセヴィオスが言う。けれどその言葉の意味は明らかだった。

「何だと？　やめてくれ！」

「ファランティーヌは助けて！」

王や王妃も慌てて懇願する。けれどセヴィオスはそれに心を動かされた様子はなく、いっそう冷ややかに笑うだけだった。

「あの子も必死にあなた方に助けてと言ったはず。でもあなた方は助けなかった。僕があなた方を助ける道理はない」

セヴィオスは手を振り上げる。ギラリとその剣に松明の火が反射した。ティアリスはそっと目を閉じた。

「親子三人、地獄で仲良く暮らすがいい」

……むせ返るような血の匂いがティアリスの鼻孔をついた。

＊＊＊

目を開けると、そこは主居館にある寝室のベッドの上だった。ユーファが心配そうに覗き込んでいる。

「お目覚めですか、ティアリス様？」

「ユーファ、私……」

「陛下の執務室で気を失ったのです。あれから半日経っておりますわ」

「半日も……ということは、今は朝なのね？」

窓の外に目を向けながら尋ねる。セヴィオスの執務室に行ったのは夕刻のはずだったが、窓からは明るい陽射しが入り込んでいた。

「はい。ですがもう昼に近いですわ」

「セヴィオス様は？」

「私にティアリス様の看病を託すと公務にお戻りになりました」

「そう……」

ティアリスは上半身を起こすと、ベッドヘッドに背中を預けてふぅっと息を吐いた。明るい陽射しの中だと、今しがた見た夢も、昨日聞いたこと見たことすべては幻だと思えてくる。けれど、ティアリスは忘れていないし、これは現実のことだった。

「ユーファ、あなたはロニオンのことを知っていたの？」

気になったのはそこだった。ロニオンが滅びたことはどこまで知られているのだろうか？　みんな知っていて、知らされていないのは自分だけなのだろうか？

ユーファは少し考えてから口を開いた。

「私自身はロニオンのことについて何も聞かされておりません。ですが、ロニオンが滅びていることは何となく察しておりました。若様が箝口令を敷いておりましたもの。何かあると大声で言っているようなものです。若様だってずっと隠し通せないことは分かっておられたと思いますよ」

「……そうかしら？」

ティアリスが気づかなければ、ずっと隠し続けるつもりだったかもしれない。

しばらく考えたあと、ティアリスはユーファに頼んだ。

「ユーファ、ベッドから出るわ。あと、部屋の方に侍女をみんな集めてもらえる？」

ユーファの手を借りてドレスに着替えると、ティアリスは寝室から自室へ向かった。そこには休みを取っている数名を除いてティアリス付き侍女のほぼ全員が揃っていた。

「お呼びでしょうか、聖王妃様」

「ええ。皆、顔をあげてちょうだい」

そう言うと侍女たちは面喰らったような顔をして、頭をあげる。

全員の顔をゆっくり見まわしたティアリスは、やはり気のせいじゃないことを悟って内心ため息を漏らした。

やたらとティアリスに対して過保護な侍女が多いとは思っていた。でもロニオンが滅びていることを知り、改めてよく観察してみると、少し違うようだ。彼女たちは過保護というわけではなく、ティアリスを恐れていたのだ。その証拠にほとんどの侍女がティアリスと視線を合わせようとしない。

それはロニオンの箝口令だけが理由ではないだろう。

「皆には聞きたいことがあって集まってもらったの」

どうして今まで気づかなかったのか、ティアリス自身も不思議なほどだ。

「ロニオンのことは聞きました。前に尋ねた時、皆は知らないと言っていたけれど、本当は知っていたのよね、ロニオンがすでに滅んでいることを……」

ティアリスの口からロニオンの名前が出ると、侍女たちが不安そうに互いの顔を見る。

「箝口令が敷かれていたことも知っているので、そのことで皆を咎めたりするつもりはありません。ただ聞かせて欲しいの。なぜあなた方は私を恐れているのですか？」

ざわっと侍女たちの間に動揺が走る。ティアリスはかまわず続けた。ユーファは口を出さず、ティアリスのやることを黙って見守っている。

「私が亡国の王女だからですか？　それとも、平民の血を引く下賤の王女と呼ばれていたからですか？　それとも――」

「おやめくださいませ！　違います！　そうではないのです！」

たまらず叫んだのは、昨夜ティアリスと一緒に中庭へ向かった侍女だった。

「聖王妃様はお優しくて、謙虚で、公平で素晴らしい方です！　恐れるだなんてとんでもない！　私たちが恐れているのは、聖王妃様ではなく、聖王陛下なのです……！」

その言葉はこの場にいる全員の胸に重くのしかかった。ティアリスは恐ろしげに身を震わせている侍女たちの反応を見て、全員が同じ思いなのだと知る。

「セヴィオス様を……？　なぜセヴィオス様を恐れているのです？　セヴィオス様は聖王として素晴らしくて……」

尻すぼみになってしまうのは昨夜のことを思い出したからだ。ティアリスが必要ないと言ったから、一つの国を滅ぼしたセヴィオス。認めたくはないが、それを知った瞬間、恐れおののいてしまった。

――もしかしたら、彼女たちもそうなのかしら？

「確かに陛下は素晴らしい王です。前王の領土拡大路線を大幅に変更して、戦続きだったこの国に安定をもたらしたばかりか、悪化の一途を辿っていた財政状況を好転させました。それもたった半年の間にです。国民が早くも賢王だと賞賛するのも当然でしょう。……でも、陛下はたった一つのことに関してだけは狂ったような行いをなさるのです。私たちはそれが恐ろしい」

「たった一つのことに関して？　それは何です？」

だがこの質問に答える声はなく、全員がティアリスを見ていた。

「……私のこと、なのですね？」

「はい」

意を決したように一人の侍女が一歩前に出る。その侍女は最近ティアリスの侍女になった女性だ。

「あの、私はつい数か月前までは後宮で王女様に仕えておりました。だから、六年前に交代した前の女官長の事件のこともよく知っております。王女様が帰国されるというので後宮を離れる直前、侍女たちの間にある噂が流れました。以前の女官長が六年前の事件のことで聖王陛下の命で逮捕されて、死刑になったという噂です」

「え？　前の女官長が？」

「はい。そして、トーラのことを覚えておいでですか？　一時聖王妃様付きの侍女だった女性です」

「ええ、覚えているわ」

「トーラも突然聖王陛下の命令で捕縛され、六年前、聖王妃様の世話を怠った罪で投獄されて鞭打ち刑になっていると聞き及んでおります。今もずっと牢獄に繋がれたままだそうです」

ティアリスは息を呑む。また別の侍女がおずおずと口を開いた。

「聖王妃様が聖王妃になることを反対した貴族が陛下の不興を買い、罷免になったあげくにありもしない罪で投獄されてしまい、爵位と領地も没収されてしまったそうです。それ以来、聖王妃様のことについて誰も異を唱えることができなくなっております」

そういえば、と思い出す。お披露目の席でティアリスが聖王妃になることに異を唱えた貴族がいた。あれ以降、彼の姿を宮殿内で見たことがあっただろうか。

「陛下は聖王妃様に敵意を向けた者、傷つけた者に対して容赦ありません。もし私たちが聖王妃様に傷一つでもつけたら、よくて牢屋行き。ひどい時には親類縁者にも累が及ぶでしょう」

最初に口を開いた侍女が震えながら呟いた。

「すでに聖王妃様をないがしろにしたロニオンは滅ぼされてしまいました。陛下は聖王妃様のためならこの国をも滅ぼすことができるでしょう。陛下を見ているとそんな気がするのです」

「そんな、ことは……」

ないと言おうとしたのに言葉が出なかった。以前に見たセヴィオスの暗く沈んだ目を思い出して背筋に震えが走る。

言葉を失ったティアリスに侍女は身を震わせながら言った。

「……陛下は確かに賢王と呼ばれるにふさわしい人物です。けれど、私たちや宮殿の一部の者の間では、もっと別の名前で呼ばれているのです。――狂王、と」

第6章　聖王妃の選択

「ティアリス様、おかげんいかがでしょうか」

午後になってヨルクがティアリスを訪ねてきた。ところがソファに腰を下ろすティアリスの顔が青白いことに気づき、眉をあげる。

「次の公務のご相談をと思いましたが、やはり出直してきた方がよさそうですね」

「待って、ヨルク」

部屋を出て行こうとするヨルクをティアリスは引き止めた。

「大丈夫よ。それに、私もヨルクに確かめたいことがあるのです」

「確かめたいこと?」

「ティアリス様はね、なぜ若様が『狂王』などと呼ばれるようなことをするのか聞きたがっているのよ」

ユーファが口を挟んだ。ヨルクが片眉をあげて口元をゆるませた。

「そのことまでご存じとは。ティアリス様は昨日から色々なことをお知りになりますね。さて、誰がそれをあなたにお教えしたのか」

ヨルクの視線がちらちらと部屋の片隅で控えている侍女たちに向けられる。侍女たちがビクッと震えて青ざめるのを見たティアリスは言った。

「待って。私が無理やり聞きだしたのです。彼女たちを咎めないで」

それからティアリスはガタガタ震える侍女たちに声をかけた。

「席を外して。……大丈夫です。あなた方に累は及ばないようにしますから」

ユーファ以外の侍女たちがティアリスの部屋を出て行くのを確認してから、ヨルクは口を開いた。

「彼女たちはあなたが聖王妃として何不自由なく生活できるために陛下が付けた侍女たちです。ティアリス様を不安にさせるようなことを告げていいはずがありません」

「ティアリス様を不安にさせているのは、彼女たちではなくて、若様たちの方でしょう」

口を挟んだユーファはふぅっとため息をつく。

「若様が狂王などと呼ばれる行為をすることを、ティアリス様が喜ぶはずがないと分かっているから隠させたのでしょう？　どうしてそんなことをしたのか、だいたい予想できるけれど、どうしてあなた方のやり方はそんなに過激なの？」

「そうでなければ見せしめの意味がない」

「……見せしめ？」

ヨルクの言葉にティアリスは怪訝そうに眉を顰める。ヨルクは頷いて淡々と告げた。

「そう。見せしめですよ。あれらを行うことで、ティアリス様に失礼なことをすればどんな咎となるのか、どういう態度を取れば罰せられるのかを宮殿中に知らしめられたことでしょう。そしてそのことがティアリス様を守ってきたはずです」

そこまで言って言葉を一度切ると、ヨルクはティアリスをじっと見ながら尋ねた。

「ティアリス様。聖王妃になって今までに、昔のようにティアリス様の母君の出自やロニオンで冷遇されてきたことで、あなたに侮るような態度を取った者がいますか？」

「……いいえ。ないわ」

ティアリスは目を見開きながら首を横に振った。

そうだ。ティアリスが聖王妃になって以来、いや、後宮を出てから今まで昔のように侮られたり嘲笑されたりするようなことは一切なくなった。ティアリスの姿に気づくとみんな廊下の端によけて頭を下げる。誰もが恭しく接してくれる。まるで恐れているように。

「もし陛下が『狂王』と呼ばれるほど厳しく罰を与えなければ、あなたは今も侮られて同じ扱いを受けていたことでしょう。……後宮でそうだったように。陛下はあなたにそのような態度を取れば厳罰に処するということを示す必要があったのです。ティアリス様のために」

「私のために、セヴィオス様が……」

胸がギュッと引き絞られるように痛んだ。自分のためにセヴィオスがしたことにおのののく一方で、ティアリスは罪悪感も覚えていた。ティアリスさえいなければセヴィオスが狂王などと恐れられる行為をしなくてよかったのだ。一点の曇りもなく、全国民から尊敬される聖王でいられたはずなのだ。

――すべて私のせいだ。

「ティアリス様、セヴィオス陛下が怖いですか？　恐ろしいですか？」

不意にヨルクが尋ねる。ティアリスはヨルクを見、それから自分の手に視線を落とした。

「恐ろしくないと言えば、嘘になるわ……」

そのような狂気にも似た執着をされる理由が分からない。それほどの価値は自分にはない。セヴィオスが自分に抱いているのは愛ではなく、同情に過ぎなかったはずなのに。それが分かるだけに、ティアリスのために罪を犯すセヴィオスが怖い。向けられる思いの強さが、激情が恐ろしかった。

「ティアリス様が恐れを抱くのも、陛下の狂気を怖いと思うのも当然です。ですが、受け入れていただきますよ、ティアリス様には」

ヨルクがスッと目を細めてティアリスを見据える。

「今さらあなたを逃がすことはできません。私の陛下のために、ブラーゼンの未来のためにティアリス様には陛下のすべてを受け止めていただかないと」

「……ヨルク？」

「ティアリス様、選んでください。あなたが恐れを抱くセヴィオス様の狂気を含めてすべてを受け止めるか、もしくは死んで陛下から逃れるかを」

「ヨルク！　なんてことを！　ティアリス様に死ねと言うの!?」

たまらずユーファが口を出す。ヨルクは首を横に振った。

「死ねと言っているわけじゃない。でもユーファも分かっているはずだ。セヴィオス様は絶対にティアリス様を離さない。逃さない。きっとティアリス様の心が壊れても自分のもとへ留めようとなさるはずだ」

「それは……」

思い当たる節があるのだろう、ユーファが言いよどむ。

「けれどセヴィオス様の狂気の部分に恐れを抱いたままであれば、この先ティアリス様の心は耐えられずにいつか必ず壊れてしまうだろう。それを避けるためにはティアリス様にセヴィオス様のすべてを受け止めていただかないと」

厳しい口調で言ったあと、ヨルクは再びティアリスを見る。

「ティアリス様。セヴィオス様が聖王になったのはあなたのためです。あなたが安心して暮らせる、あなたに優しい世界を作るために」

ティアリスの脳裏にいつかセヴィオスが言っていた言葉が蘇る。十二歳の誕生日に言われた言葉だ。

『いつか必ず、君が幸せになれる世界を、いつでも笑っていられる優しい世界を君に作ってあげる。だから、ティアリス。その時は君の大切なものを僕にくれる？』

「力のないあなたを守るための権力がセヴィオス様には必要だった。あなたが安心して暮らせる世界を作るためにはこの国の頂点である聖王になる必要があった」

今までティアリスは第一王子と第二王子、それに第三王子まで亡くなってしまい、他に誰も聖王になれる人間がいないからセヴィオスが聖王の座についたのだとばかり思っていた。でもこのヨルクの口調では、まるでセヴィオスが最初から聖王の座を狙っていたかのようではないか。

第四王子で母親の身分が低いセヴィオスが聖王になる可能性はほとんどなく、彼が聖王になるためには異母兄たちが邪魔で――。ティアリスはゾッと身体を震わせた。

――まさか、相次いでセヴィオス様の異母兄たちが亡くなったのは……。

「聖王となったセヴィオス様は、かねての願いどおりその権力を使い、自身ですら利用してティアリス様に優しい世界、あなたを誰も謗ったり侮ったりしない世界を作り上げていきました。私はその世界を箱庭と呼んでいます」

「箱庭……」

「はい。ティアリス様が今入っている世界ですよ」

箱庭。セヴィオスによって作り上げられ守られている、ティアリスに優しい世界。彼の執着と狂気によって構築された世界。

「その存在を知ってしまった今、ティアリス様に選べるのは二つだけ。セヴィオス様のすべてを受け止めて箱庭の中で生きていくか、死んで箱庭から逃れるか、そのどちらかです。

セヴィオス様を動かした責任はご自身で取っていただきますよ。それが、せっかく陛下があなたのために隠していたロニオンの滅亡と、陛下の狂気を暴いた罪です。知らないままの方がきっとあなたにとって幸せでいられたでしょうに」

不吉なことを言いたいだけ言って、ヨルクは優雅に頭を下げた。ティアリスには言葉もなかった。聞いたことが衝撃的過ぎたのだ。

「私が言いたいのはそれだけです。公務についてのご相談は後日改めて伺わせていただきます。それではこれで失礼します」

ところが扉のところまで行ったヨルクはふと立ち止まって振り返った。

「そうだ。もう一つだけ。ロニオンの滅亡に関してです。確かにセヴィオス様はロニオンを滅ぼした。ロニオン王や王妃を殺し、国を占領した。でも陛下が聖王になるために、そしてティアリス様のために優しい世界を作る上では、別にロニオンを滅ぼす必要などなかったのです。むしろあなたを亡国の王女にしない方が簡単だったでしょう。なのに陛下はロニオンを滅ぼした。それはなぜだと思いますか？」

ティアリスは答えられなかった。そしてヨルクもティアリスの答えが欲しかったわけではなかった。ヨルクは意味ありげに微笑みながら指摘する。

「あなたがそれを望んだからです」

「……そんな、ことは……」

「もちろん陛下自身があなた方母娘を苦しめ辛い目に遭わせたロニオン王たちに仕返しを

したかったこともあるでしょう。ですが大部分はあなたがそれを望んでいたからですよ。あなたは何も望まないと言いながら、しっかり陛下に望んでおられた。その目に、言葉の端々に含ませて。その証拠に昨夜、あなたは陛下からロニオン王や王妃たちの最期を聞いて笑っておられた。そして最後に『嬉しい』と、そう言って気を失ったのです」

「うそ……そんなことは……」

気を失う直前のことは朦朧としてほとんど覚えていない。

——本当に私は笑ったの？　そんなことを言ったの？

「ティアリス様はご自身の心をまず見極めた方がいいかと思います」

ヨルクはそう言い残して扉の向こうに消えた。

「ティアリス様……」

ユーファが心配そうにティアリスを見ている。ティアリスは思わずユーファに尋ねた。

「私は本当にお父様たちが死ぬことを望んでいたの？　お父様たちの死を聞いて笑っていたの？」

けれど、昨夜セヴィオスの執務室に行った時、ユーファは同行しておらず、その場面を見ていない。ユーファはティアリスの華奢な肩をそっと抱きしめた。

「私はその場にいなかったので、お答えすることはできませんが、一つ言えることは、人を憎んだり、恨んだりすることはいけないことですが、人として当たり前の感情だということです。ティアリス様がロニオンで過ごした辛い日々のことを思えば、彼らを恨んでも仕方ないと思います。私はティアリス様のそんな感情を否定しませんわ」

「ユーファ……」

「ベッドに戻りましょう、ティアリス様。昨日から色々ありましたもの。まだ体調が万全ではないのです。ベッドでゆっくり休んでください。あれこれ考えるのはそれからですわ」

「ええ。……そうね」

セヴィオスが作り上げたティアリスのための箱庭はとても優しい。……だからこそティアリスは余計に辛かった。


ふと目を覚ますと、そこは闇の中だった。

ベッドに横たわったティアリスは自分が温かい腕に包まれているのを知る。

もちろん、それはセヴィオスだ。たとえ暗闇の中であってもティアリスには分かる。ティアリスの身体に染みついた感触が、傍にいるのは彼であることを示している。

セヴィオスの匂いに包まれていると、とても安心できた。

今もそうだ。彼の狂気を恐ろしいと思いながらも、ティアリスの心は彼に寄り添うだけで柔らかく解けている。安堵する。彼の腕の中はとても安心できる場所だった。

怖いと思いながら腕の中で安心できるのはなぜか。ティアリスには自分の気持ちが分からなかった。

＊＊＊

答えが出ないまま、時だけが過ぎていく。時折ヨルクが探るような目で見てくる以外、ティアリスの生活は何も変わっていなかった。

ロニオンのことを知っても、彼の狂気を知っても、触れられるだけでティアリスの身体はセヴィオスの愛撫に蕩けて応えてしまう。セヴィオスの思惑通り、もうティアリスはもはや彼なしでは生きていけないのかもしれない。そんなふうにティアリスは思っていた。

――いっそ何も考えず、いつもの通りにすべてを諦めて受け入れたら……？

ティアリスは時々そんなことを考える。セヴィオスの作り上げた箱庭の中で恐れおののきながらも受け入れて、彼にすべてを任せて生きていけば、きっとティアリスはとても楽だろう。何も考えなくてすむのだから。

でもそう思う一方で、純潔を奪われた晩に言われたことを思い出してしまう。暗い目をしながら、セヴィオスに言われた言葉を。

『君は諦めるのは得意だろう。いつも何も望まず、何も求めず、諦めてすべてを受け入れる。……だったら、聖王妃になる運命もいつものように諦めて受け入れればいい』

あの時ティアリスは自分が今まで恐ろしく間違ったことをしてきたのではないかと、そんな不安に駆られたのだ。

諦めて流されるままになるのは簡単だ。仕方ないと言ってもう自分で決断しなくていいのだから。ティアリスが今までやってきたのはそういうことだった。

——でもたぶん、それではだめなのだ。

セヴィオスに対してもうそれはやってはならないのだ。なぜかそんな気がした。

諦めて受け入れるのではなく、もっとよく考えないといけない。何よりも——もう二度と彼にあんな暗い目をさせないために。

そんな悶々とした日々を送っていたティアリスは、ある日の午前中、いきなり部屋にやってきたセヴィオスに連れ出された。

「どこへ行くのです？　セヴィオス様、公務は？　視察の準備はいいのですか？」

セヴィオスは今日の午後から地方に視察に向かう予定になっている。ティアリスが聖王妃になって以来、初めて一週間も宮殿を留守にするのだ。

「準備は終わっている。いつでも出発できるが、一週間空ける前に先にティアリスに見せたいものがあるんだ」

そう言ってセヴィオスがティアリスを連れて行ったのは、彼の生まれ育ったあの小さな屋敷だった。

「ここは……」

「ティアリスが正面から入るのは初めてだね。ようこそ僕の屋敷へ。管理人を紹介しよう」

門扉をくぐり、玄関の前に行くとセヴィオスは呼び鈴を鳴らす。

「はい、ただいま参ります。お待ちくださいい」

中から声が聞こえ、扉が開かれる。現れた人物を見てティアリスの呼吸は一瞬だけ止まった。

「……パム……？」

唇が震える。記憶の中の彼女より少し歳を取ってしまったパムが笑顔で屋敷の玄関ホールに立っていた。

「いらっしゃいませ、聖王陛下。そして……お嬢様。お久しぶりでございます。あの小さなお嬢様がこんなに立派な淑女《レディ》になって……。奥方様にもよく似ていらして……！」

言いながらパムの皺の増えた目元から涙が溢れ、頬に零れ落ちていく。

「パム……！」

ティアリスはパムに飛びついた。記憶にある子どもの頃のように。パムは少しよろけたものの、ティアリスの身体をしっかり受け止めた。

「ああ、パム！　夢じゃないのね？　またあなたに会えるなんて……！」

パムに抱きつきながら、ティアリスの青い目からも涙が溢れていた。

「私もお嬢様に会えるとは思ってもおりませんでした。ロニオンはあんな状態でしたから。でも聖王陛下が私を探し出し、ブラーゼンまで連れてきてくださったのです」

「セヴィオス様が？」

「はい。私の家族も一緒にです。今ではこの屋敷の管理を家族で引き受けさせていただいております」

抱きついたまま、ティアリスはセヴィオスを振り返る。セヴィオスはティアリスとパムのやりとりを優しい表情で見守っていた。

「セヴィオス様、ありがとうございます。でもどうして？」

「君はロニオンで大切なのは乳母のパムと母君だけだって言っていただろう？　パムがどこの土地の出身なのか分からなくて少し探し出すのに時間がかかったが、見つけることができたので、呼び寄せたんだ。この屋敷の管理人にぴったりだと思ってね。君はいつでも好きな時にパムに会いに行ける」

その優しい言葉にティアリスの目からさらに涙が溢れ出る。セヴィオスは手を伸ばして頬を流れる涙をぬぐった。

「喜びの涙もいいけど、僕はやっぱり笑っている方が好きだな」

「セヴィオス様……」

セヴィオスはティアリスの髪を愛おしそうに撫でながら告げる。

「そろそろ僕は視察に行ってくるよ。パム、あとの案内は頼んでいいかい？」

「もちろんですとも」

「あ、セヴィオス様のお見送りを……」

聖王妃なのだから、視察旅行に出るセヴィオスを見送らないといけない。慌てて涙をぬぐっていると、セヴィオスが笑って首を横に振った。

「いや、見送りはいい。積もる話もあるだろう。ここにいて。あとでユーファに迎えに来させるから」

そう言ってセヴィオスは、入ったばかりの玄関の扉から出て行った。セヴィオスを見送ったパムはほうっと感嘆のため息をつく。

「お嬢様の旦那様はとても素晴らしい方ですね。ブラーゼンの聖王妃になったと聞いた時は驚いて戸惑いもしましたが、今ではあの方がお嬢様の旦那様でよかったと思います」

ティアリスは不思議そうにパムを見返した。パムにとってセヴィオスはロニオンを侵略した国の王だし、侵略時に軍の指揮をしたのも彼だ。それなのに、こんなふうに手放しで褒めるのが疑問だった。

「ロニオンを滅ぼしたセヴィオス様を恨んではいないの？」

「戦争が始まってしまい、ブラーゼンに送られたお嬢様の命はもうないかもと思っていた時は恨んでおりましたよ。でも、ロニオンを滅ぼしたことは恨んでおりません。むしろ感謝しております」

「感謝？」

「はい。お嬢様はお小さくて、城の外に出たことがなかったから知らなかったと思いますが、ロニオンはあの頃もうすでに破たん寸前で、数多くの国民が重税にあえいでいたのです」

　パムの話はセヴィオスから聞いた話とほぼ同じだった。王族の浪費、フメール鉱石の採掘量の減少、破たん寸前の経済。知らなかったのは、父王が国費を補うために国民に重い税を課して、国民の生活が困窮していたことだ。

「重税のせいで食うのに困るようになり、民が何万人と亡くなっているのに、城では陛下やファランティーヌ様が贅沢をしているのですから、不満が高まっておりました」

　とうとうパムの家族ですら、領民や家族のために領地を売らなければならないほど国全体が困窮していたという。

「そんな時にブラーゼンが攻めてきたとしても、どこにも抵抗する力などありませんわ。戦う以前にもうロニオンは負けていたのですから、勝てるはずはありません」

　ところがロニオンの王族が殺され、戦争が終結して自治政府の統治が始まると、以前より楽に生活できるようになったことに国民はすぐに気づいた。税は軽減され、以前は滞っていた物資も順調に流れるようになり、生活が向上したのだ。

「ですから、ロニオンに住む民の大部分はブラーゼンに感謝しておりますよ。気に入らないのは以前のような贅沢な生活ができなくなった元の貴族くらいのものでしょう」

「そうだったの……」

　セヴィオスの言っていたことは本当だったのだ。

「そうだわ、お嬢様。見せたいものがあるのです！」

パムが両手をパンッと叩く。

「見せたいもの？」

「はい。裏の庭にあります」

二人で裏の庭へ行くと、庭はティアリスの記憶とほとんど変わらない姿のままだった。どうやらカルヴィンが通って手入れを続けてくれているらしい。

「こちらですよ」

そう言ってパムはティアリスを唯一前にはなかったものの前に連れて行った。

「……こ、これは……！」

木の近くの隅に、小さな墓石が増えていた。その墓石にティアリスは見覚えがあった。

「お母様の墓……！　どうしてこれがここに？」

「聖王陛下です。陛下がロニオンの城からわざわざ移動させてくださったんです。私が城を離れて以来あの屋敷ごと打ち捨てられていたのですが、それが却ってよかったようで、誰にも荒らされていませんでした。陛下は辛い思いをしたロニオンよりブラーゼンのお嬢様の近くに移転させた方がきっと奥方様も喜ぶとおっしゃってくださって。本当に、もう、感謝してもしきれません」

——ああ、セヴィオス様……！

ティアリスは墓の前に跪き、小さな墓石を撫でた。

「お母様、お母様……」

涙が止まらなかった。これほどティアリスのためにしてくれた人がいただろうか？

思えばセヴィオスがティアリスを傷つけたことは一度もない。ティアリスのために人を傷つけていても、そこには必ず何か理由があった。

――狂気が一体なんだというのだろう。国民が重税にあえぎ、大勢死んでいるのに、贅沢をやめなかったお父様たちの方がよっぽど常軌を逸している。

ティアリスは母親の墓を前に心を決めた。

――私はセヴィオス様が私のために作った優しい世界で生きていこう。セヴィオス様とともに。


「そうですか。それはようございました」

決意をヨルクに話すと、彼はホッと安堵したように頷いた。いつも冷静に見えるヨルクだが、そんな彼も一応心配していたらしい。

「ティアリス様。陛下をよろしくお願いします」

「はい」

決心のついたティアリスは迷いなく頷く。

できればセヴィオス本人にも母親の墓のことでお礼とともに気持ちを伝えたいが、残念ながら今は地方視察に出ている最中だ。帰ってくるまでお預けだった。

――セヴィオス様、早く帰ってきてください。

一方、セヴィオスが地方視察に出ている間、ティアリスにも視察の公務が舞い込んだ。ブラーゼンの王都の外れにある孤児院への視察だ。

今まで一度も宮殿の外に出たことがないティアリスにとって初めての外出だった。補佐役のヨルクと侍女のユーファ、それに何人もの兵士をつれて視察場所へ馬車で向かう。

ティアリスはわくわくしていた。孤児院への視察には思い入れがある。孤児院出身のティアリスの母親は、孤児院の視察に行くのを楽しみにしていたのだ。そこで結局流行り病に感染してしまい命を落としたが、それは別に孤児院のせいではない。薬を買うお金がないその孤児院でも、たくさんの子どもたちがあの病で命を落としたという。

父王が贅沢をしないで国民に重税をかけなければ、薬の流通や物資の供給も滞らず大勢の命が助かったかもしれない。一国の王が血迷えば、国民には多大な犠牲が出る、その典型的な例だ。

もし当時の王がセヴィオスだったら、きっと彼なら先頭に立って事態の収拾にあたっただろう。彼がいたら、ティアリスの母親もきっと助かったに違いない。

「ティアリス様、そろそろ孤児院に着きますよ」

ヨルクの言葉に、ティアリスは馬車の窓から外を見る。郊外にあるというその孤児院は王族の所有する森に隣接して建っていた。思ったより立派な建物だった。おそらくロニオンでティアリスたちが住んでいた屋敷の方がよっぽどみすぼらしく見えるだろう。

孤児院に着くと、ティアリスたちは孤児院の院長と、子どもたちの世話を任されている巫女長の出迎えを受けた。ここの孤児院の院長は神殿所属の高位の司祭のようだ。神殿では高位になればなるほど人前で顔を露出しなくなる。巫女長は頭に白い布を被っているものの、はっきり顔は出ていた。一方、院長の方は深く布を被り鼻から下しか覗いていない。意外に若そうに見えるが、顔は判別できなかった。

「ようこそいらっしゃいました、聖王妃様」

院長が頭を下げる。

「こちらこそお出迎えありがとうございます。今日は子どもたちと会えるのを楽しみにしておりました」

馬車の中で子どもたちと話をする機会が設けられているとヨルクから聞いていた。

「それはひとまずのちほどということで、最初に建物から案内いたします」

「はい」

二人のあとについてティアリスは歩き出す。その後をユーファ、ヨルク、そして護衛の兵二名が続いた。他の護衛の兵たちは子どもたちを怖がらせてはいけないと孤児院の庭で待機している。

「ここが祈りの間です」

院長が白い小さな部屋を開ける。神の像が置かれていて、毎朝礼拝を捧げるための部屋らしい。ただし、ここは孤児院で働く職員専用の礼拝堂で、子どもたちが祈りを捧げる場所はまた別の部屋が用意されているとのことだった。

他にいくつか部屋を案内してもらったが、どこにも子どもたちの姿はない。子どもどころか、ほとんど職員も見かけないのだ。

――子どもたちの傍にいるのかしら？

「あの、子どもたちはどこにいるのでしょう？」

先を行く院長と巫女長に尋ねると、院長が振り返って頷いた。

「それでは子どもたちのいる方へご案内します」

「お願いします」

言いながらティアリスはもう一つおかしな点に気づく。先ほどからずっとしゃべるのは院長だけで、巫女長はまったく口を開かない。開かないどころかほとんど俯いているのだ。

何かの修行だろうか。神殿には黙行《もくぎょう》と呼ばれる、一定期間誰とも口をきいてはいけないという修行があるそうだが、それだろうか？　だが黙行中の巫女を聖王妃の出迎えに出すというのも変だ。

二人の後ろを歩きながら、ティアリスは巫女長に話しかける機会を窺っていた。そのせいで、後ろへの注意が疎かになってしまう。つい先ほどまでついてきたのだから、ヨルクたちは当然ずっと後ろに続いているものだとばかり思っていたのだ。

廊下を曲がり、建物の出入り口が見え始めた時、突然院長が後ろを振り返って言った。

「この先に子どもたちがいる建物があるのです」

「そうですか」

その時、巫女長が振り返って一瞬だけティアリスの目を見た。ティアリスはハッとする。巫女長の目が必死に何かを訴えているように見えたのだ。

――何かあるというの？

「ヨルク、ユーファ、ここの修道院には何か――」

振り返って「ある」と続けようとしたティアリスはギョッとなる。ついさっきまで後ろをついてきていたはずのヨルクやユーファ、それに護衛の兵たちがいなかったのだ。

慌てて院長たちの方に振り向いたティアリスは目を見開く。いつの間にか人が増えていて、剣を腰にさした男性たちがずらりと廊下を塞いでいたのだ。

「申し訳ありません！　子どもたちを人質に取られて……！」

今まで一度も口を開かなかった巫女長が廊下に座り込みながら涙を流す。

そんな中、院長が自分の頭と顔を覆う白い布に手をかけてグイッと引き下ろした。その中から現れた顔を見てティアリスは息を呑む。それは髪の色こそ茶色から金髪に変わっているものの、間違いなくディナント・オーガスターだった。

ディナントはティアリスを見てにっこり笑う。

「お迎えにあがりましたよ、殿下」

「か、髪の色が……」

「ああ、元々この色だったのです。ドレス屋の助手の時は髪を染めておりました。それはともかくお待たせして申し訳ありません、殿下。宮殿の警備が思いのほか厳しく、殿下を連れ出す計画を変更せざるを得ませんでした。幸いなことに殿下がこの孤児院の視察に来るという情報を得て、先にここを占拠させていただきました。孤児院のせいか、ろくに警護もいなかったのでとても簡単でしたよ」

「……本物の院長はどうしたのです？」

「子どもたちと一緒に閉じ込めてあります。他の職員もね。女性の手が足りずにそこの巫女長にご協力願ったのですが……まぁ、終わりよければすべてよしです」

ティアリスはドレスの裾をぎゅっと握った。

──子どもを人質に？　なんてことを……！

「私の後ろを歩いていたユーファたちは一体どうしたの？」

「この孤児院には、侵入者を閉じ込めるための扉が廊下にいくつもあるのです。ここに来る途中、殿下が角を曲がった時を狙って引き離し、仲間が侵入者用の扉と扉の間に閉じ込めてしまいました。内側からは決して開けられません」

「なんですって？」

「大丈夫です。そのうち外にいる護衛兵が異変に気づいて助け出すでしょう。我々はその間にここを離れます。さぁ、殿下行きましょう。森の方に馬車を隠してありますから。今ならブラーゼンの連中に見られることなくここを脱出できます。我々がロニオンまで殿下を必ずお守りしますから」

ディナントはティアリスに向かって手を差し伸べる。彼の向こうにいて廊下を塞いでいる男たちはディナントの仲間なのだろう。

「ロニオンに行って……どうすると言うのです？」

その質問が意外だったのか、ディナントは眉をあげた。

「もちろんロニオンにいるブラーゼンの連中を追い出し、ロニオン国を復活させるのです。それには王家の血を継ぐ者が必要なのです。陛下や王太子殿下、それにファランティーヌ様亡き今、王家の血を持つのはあなた一人しかいません、ティアリス殿下」

セヴィオスやパムが言っていたロニオンのことを思い出しながら、ティアリスは慎重に口を開いた。

「ディナント。あれから陛下――セヴィオス様や、他のロニオンの民から話を聞きました。お父様は財政を破たんさせ、民に多大な負担をかけていたと聞き及んでおります。そして今、自治政府は大変よくしてくださっていること、ロニオンの民のほとんどが平穏に暮らしているということも聞きました。国民が亡きお父様の御代より安寧に暮らしているというのに、それを乱すことは私にはできません」

「殿下……」

ディナントは眉を顰める。

「私は一緒には行けません。私は聖王妃としてセヴィオス聖王陛下のお傍にいると決めたのです。もうロニオンの王女ではありません。私のことや、ロニオンの王家のこともう忘れて、あなた方はロニオンの民のために生きてください」

沈黙が走る。ややあってディナントはもう一度だけ尋ねた。

「……どうあっても一緒には来てくださらないと？」

「ええ。私はセヴィオス様と一緒に生きると決めて――」

「ははははは」

突然ディナントが笑い始める。

「ディナント？」

しばらく笑い続けたディナントは不意に笑うのをやめてティアリスを蔑むように見つめた。その目や表情に見覚えがあってティアリスの背筋が凍りつく。

「やはり下賤の子は下賤なのだな。王家の血を汚しただけではなく、裏切り者で祖国を売った淫売だ」

下賤の子は下賤。王家の血を汚した。それはロニオンでずっと言われ続けた言葉だった。

――ああ、そうよ。この目だわ。ロニオンでほとんどの人間が私とお母様をこんな目で見ていた。汚いものでも見るような目で、蔑みの目で。

手足が冷たくなり、まるで凍りついたかのように動けなかった。あのロニオンの冷たい城での日々に戻ったかのように。

ディナントはいつの間にか手にしていた剣を鞘から抜く。

「下賤の血でも役に立つかと思ったら期待外れだった。一緒に来ないのならこの場で死ぬがいい。お前の死を、ロニオンの冷たい土の中で眠るファランティーヌ様に捧げよう」

後ろに控えていた男たちもディナントに倣って剣を抜く。じりじりと迫ってくる男たちを前にティアリスはまったく動けないでいた。

——このままだと殺されてしまう……！

「あ……」

剣を手にしたディナントがあと少しというところまでティアリスに迫る。その時、頭の中で囁く声が聞こえた。

——諦めるの？　いつものように？　死すらも受け入れるの？

——このままセヴィオス様に会えないまま、何も言えないまま？

「いっ……」

——また、すべて諦めてしまうの？

「——いやっ、それはいや！」

口から喉から、そして心の底から言葉がほとばしる。と同時にティアリスの身体は呪縛から抜け出したように動けるようになっていた。弾かれたようにもと来た道を走り始める。

「待て！」

後ろから追いかけてくる声を背に廊下を走る。ドレスが足に絡み、もつれそうになったが、足を止めるわけにはいかなかった。まだティアリスはセヴィオスに何も伝えていないのだ。「愛している」という言葉さえも。

このままでは早々に追いつかれてしまうだろう。だが諦めるわけにはいかないのだ。

――諦めたくない……！

セヴィオスと共に歩く未来を簡単に諦めたくはなかった。

「絶対に諦めない！」

叫びながら廊下を曲がる。その次の瞬間、ティアリスの身体は誰かの身体に受け止められていた。とたんにとてもよく知った匂いに包まれる。

「ばかめ、そっちはさっき扉を閉めて行き止まりにした――」

追いかけてきたディナントが、ティアリスを抱いたまま現れた人物に足を止めた。

「お前は、まさか!?」

だが現れたのはその人物だけではなかった。さっき閉じ込めたはずの侍女と侍従、それに護衛の兵士たちがその少し後ろに立っていた。護衛の兵は先ほどより数が増えていた。

「……セヴィオス様？」

ティアリスは信じられなかった。自分を抱いているのがセヴィオスであることが。なぜならセヴィオスは地方に視察に行っていて、あと三日経たないと帰って来られないはずなのだから。

「夢？」

「夢じゃないよ、ティアリス」

セヴィオスはティアリスをぎゅっと抱きしめると、立ち尽くしているディナントに冷たい目を向けた。

「なぜ、ここに——」

ディナントが目を見開く。と同時に背後から突然聞こえてきた悲鳴に彼は慌てて後ろを振り返る。するとどうだろう。仲間たちがその奥から現れた護衛の兵士たちにどんどん斬り伏せられているではないか。

「いつの間に……!?　どういうことだ?」

あっという間に仲間たちは斬られて床に倒れ込んでいく。いつしか立っているのはディナント一人になっていた。

「お前たちは待ち伏せしたような気になっていたようだが、それはこちらも同じだ」

セヴィオスが感情のこもらない声で淡々と告げる。

「お前たちはずっと監視されていたんだ、気づかなかったのか?　お前たちがブラーゼンに来た時から、いやそれ以前からな。ロニオンで起こそうとしたクーデターが失敗し、逃げて潜伏していた時からずっと監視されていた。自治政府によってね」

「なんだと……?」

「お前たちが動き始めたことを教えてくれたのは外務大臣のセルゲイだ」

ティアリスはセヴィオスの腕の中であっと小さな声をあげる。結婚式のあと、謁見の間に現れた彼はセヴィオスに報告したいことがあると言っていたのを突然思い出したのだ。それはきっとディナントたちのことだったに違いない。

「ロニオンでクーデターがあったのですか？」

「起こす前に失敗したけれどね。自治政府のやり方に不満をもった元貴族たちがアザルス帝国の残党と手を組んでロニオンでクーデターを起こそうとした。ところがクーデターを起こそうにも国民の支持がまったく得られず、それどころか通報されて計画段階で失敗したんだよ。その時に捕縛から逃れた連中がこいつらだ」

セヴィオスはディナントを指さす。

「それで大人しくしていればいいものを、君が聖王妃になったことを知って利用するためにブラーゼンに来た。君をロニオン王国再興の旗印にするため……と言うのは聞こえがいいが、実際は取引に使うために連れ出そうとしていたんだろう？　かつて『下賤の血』を引く王女だと馬鹿にしていたティアリスを主と仰ぐのは我慢ならなくて」

ディナントがギリッと唇を噛む。

「下賤の血を下賤の血といって何が悪い！」

ティアリスは目を伏せる。ディナントは宮殿でティアリスと話している間もずっと「下賤の血」を引く王女だと蔑みながら話をしていたのか。そう思うとやりきれなかった。

彼らにとってティアリスはどこまでも「下賤の血」を引く王女、王家の血を汚した者なのだ。

「……不愉快だなぁ」

ぽつりと呟くと、セヴィオスはティアリスの身体を離して数歩ほど廊下を歩き、それから急に動き始めた。ティアリスにとってもディナントにとっても予想だにしない速さで彼に詰め寄ると、その手から剣を叩き落としていきなり顔に拳を叩きつけたのだった。ボキッと何かが折れるような音が響いた。

「セ、セヴィオス様!?」

「ぎゃああ！」

ディナントが床に倒れ込み、顔を両手で押さえてのた打ち回る。それをセヴィオスは冷ややかに見おろした。

「僕の妻はロニオン人の血がブラーゼンで流れることを嫌がるだろうから、お前たちには治療を施してロニオンへ送ることにしよう。自治政府とロニオンの民がお前たちを裁き、罰を下す。お前たちが下賤と見下している人間に裁かれるわけだ。見ものだろう？　ロニオンでもその汚い口で下賤下賤と喚けばいいさ。ロニオンの民は、自分たちが重税に苦しんでいる間、民から吸い上げた金で贅沢に暮らしていたお前たちを、一体どう裁くだろうな？」

血だらけになったディナントたちが護衛の兵士によって連れ出されていく。セヴィオスたちのおかげで人質に取られていた子どもたちや本物の院長たちはすでに解放され、別の場所に避難しているとのことだった。巫女長も無事だった。

セヴィオスはティアリスの前まで来ると、手を伸ばしてティアリスの頬を流れる涙をぬぐう。ティアリスはその手を取り、セヴィオスの少し赤く腫れている右手の甲に口づけた。

「……ありがとうございます」

涙が止まらなかった。かつて、ロニオンではティアリスが蔑まれているのを見て怒ってくれた人はいなかった。相手を殴ってくれる人もいなかった。

でも今はティアリスを大切に思って怒ってくれる人がいる。

……それだけでなぜか、ロニオンでの辛い日々が昇華されていくような気がした。

＊＊＊

「つまり、ティアリス様を囮《おとり》にしたわけですね」

帰りの馬車の中、ユーファはとても不機嫌だった。原因は同じ馬車に乗っているセヴィオスとヨルクだ。色々謎だらけの今回の真相を聞かせてもらっているのだが、話が進むごとにどんどんユーファの機嫌が下降していくのだ。

何も知らされていなかったのは、ティアリスとユーファだけだったらしい。

セヴィオスは本当は地方視察には行っておらず、行ったと見せかけて実は王都内に潜むディナントたちを監視していたのだ。

ティアリスの孤児院視察の情報を得て、ディナントたちは好機と見て待ち伏せしていたが、実はそれもロニオンの残党を一網打尽にするためのセヴィオスたちの罠だった。つまりティアリスを囮にしたわけで、ユーファが腹を立てているのはその点だ。

「奴らの居場所が分かっているならさっさと捕まえればよかったじゃないですか！　そうすればティアリス様を危険な目に遭わせずにすんだのに」

「ところがティアリス様を狙っているのはディナントのグループだけじゃなかったんですよ。中心になったのはディナントたちのグループですが、ロニオンで潜伏していたクーデターの主だった残党がティアリス様を狙ってブラーゼンに集まってきていたわけです。そんな状況でディナントたちだけ捕まえてもティアリス様が狙われる状況は続きます。ですから、一網打尽にする機会を狙っていたわけですね」

「だからと言って子どもを巻き込むのはどうかと思います！」

憤慨やるかたないユーファを宥めるようにセヴィオスが口を挟む。

「ティアリスを囮にするのは嫌だったが、奴らが食らいつく餌がそれしかなかったんだ。孤児院を巻き込むのも心苦しかったが、郊外にある施設でティアリスが視察に行っても違和感がない場所というのがなかなかなくて。ああ、もちろんすぐに子どもたちは助けたし、森の中で馬車を待機させていた連中もさっさと潰しておいた」

ディナントがティアリスに気を取られているうちに、セヴィオスと軍の精鋭たちは孤児院内で分散していたロニオンの残党を、悟られないように少しずつ倒していたのだという。ティアリスと引き離されて侵入者用の扉と扉の間に閉じ込められたユーファとヨルクたちを助けたのも、もちろんセヴィオスたちだ。

「おかげでロニオンの残党の中でもディナントをはじめ、主導的なグループはほぼ壊滅《かいめつ》させることができた。今ロニオンに残っている連中は自分たちでは何もできない奴らばかりだからそのうち消滅するだろう。これでロニオンも安泰《あんたい》だ」

「よかったです」

ティアリスがふわりと笑うと、ユーファは口を尖らせた。

「もう！　ティアリス様は優しすぎます！　もっと怒っていいんですよ！」

「みんな無事だったからいいの」

実際ティアリスは囮にされたことを怒っていない。殺されそうになった時は怖かったが、これでロニオンの国民が安心して暮らせるようになるなら、安いものだ。

――私は王女としてロニオンのために何もできなかった。お父様たちを諫めるどころか、民が苦しんでいたことも知らなかった。

何も知らなかったとはいえ、父王の罪の一端はティアリスにもある。まったくの無関係ではないのだから。国民を苦しめた罪を父王たちは自分たちの命で贖《あがな》った。それを思えば囮になるくらいなんでもない。

「これで私も元王女として、少しはロニオンの役に立てたでしょうか……」

「ティアリス様……」

「役に立つどころか、ロニオンでティアリス様のお名前は有名ですし、とても人気ですよ。不遇の身から一転、大国の王に愛され聖王妃にまでなった王女様として」

さらりとヨルクが言った言葉にティアリスは仰天する。

「私がですか？」

「自治政府がティアリス様のお立場を上手に利用していましてね。多額の援助をブラーゼン本国から引き出す一方、それらをティアリス様からの慈悲として国民に見える形で還元したのです。道路や水路の整備、運河の建設などでね。ブラーゼンの属国となって先行き不安だったロニオンの国民は、それを見て安心するわけですよ。聖王妃となったティアリス様はロニオンのことを忘れていない。彼女がいればこの先もロニオンは安泰だと。自治政府は国内が安定し人心を得ることができるし、政府と国民どちらにもよい結果をもたらしてくれております。というわけで、ティアリス様はロニオンで大人気なのですよ」

「私が……」

不思議なものだ。恥ずべき存在としてずっと隠されていた自分がそんなふうにロニオンの国民に受け入れられているとは。

「そのこともあってディナントは君を狙ったんだろうね。まぁ、そんなことだから失敗するんだろうけど」

ディナントのクーデターは国民に支持されず失敗した。だから人望のなさを補うために国民に人気のあるティアリスを利用しようと考えたのだろう。

ティアリスは手を伸ばしてセヴィオスの手にそっと触れた。

「ありがとうございます。ロニオンのこと」

きっとロニオンの自治政府に多額の援助をしたのも、ティアリスの名前で整備をするように陰で主導したのもセヴィオスだったに違いない。

セヴィオスはティアリスの手を取ってそこにキスをした。

「いつか、もう少し国が落ちついたら、君をロニオンに連れて行ってあげる」

「はい」

いつか自分はロニオンに戻るだろう。その時、傍らにはきっとセヴィオスがいるに違いない。


宮殿に戻ると事後処理をヨルクに任せてセヴィオスはティアリスを寝室に連れ込もうとした。それに待ったをかけたのはティアリスだった。

「なぜ？　四日も君を抱いていないから、欲求不満で誰かを殴りたくなるくらいなのに」

まさか、だから剣を持っていながらディナントをわざわざ殴りつけたのだろうか？

そんな疑問を抱きながら、ティアリスは恥ずかしそうに答えた。

「先にお風呂に入りたいのです」

長時間外出していたし、ディナントから逃れるために走ったせいもあって、ティアリスはいつになく汗をかいていたのだ。こんな汚れた身体で抱かれたくない。

そう訴えると、セヴィオスはティアリスを抱き上げてにっこり笑った。

「それなら一緒に風呂に入ろう。まだ二人で入ったことなかったからね」

「え!?」

ティアリスの中の常識は、風呂は一人で入るもの、誰かと、ましてや異性と入るものではなかった。けれどセヴィオスはまことしやかに言う。

「夫婦は一緒に入ってもかまわないんだ。妻を洗ってあげるのは夫の権利だよ。既婚者はみんなやっていることだ」

セヴィオスは平然と嘘をついた。ところがそれが嘘だと分からないティアリスは簡単に騙されてしまう。

「そ、そうなのですか、私、知りませんでした」

「君の周囲に既婚者はいないからね」

臆面もなく言うと、セヴィオスはティアリスを抱き上げて浴室へ向かった。

浴室は二人の自室から目と鼻の先にある。聖王と聖王妃専用の浴室だ。装飾を施したタイルが部屋一面に敷き詰められていて、その部屋の半分を大きな浴槽が占めている。浴槽には湯がたっぷりと張られていて、湯気が立ち込めていた。

セヴィオスはティアリスのドレスを脱がし、自分の服も性急に脱ぎ捨てると石鹸《せっけん》を手にとってたっぷりと泡立てる。それから、もじもじしているティアリスを振り返った。

「さぁ、ティアリス。じっくり洗ってあげる」

「っ……ん、あ、や、んんっ、セヴィオス様、それ、はっ……」

「ん？　どうしたんだい？　あれ？　どうしてそんなに身体をくねらせているのかな？」

泡だらけの胸の頂を指で擦りながらセヴィオスは意地悪く問う。

「やっ、だ、だって、それ、洗ってない、です」

「洗っているんだよ。ここも、ちゃんとよく洗わないとね」

両方の胸の膨らみを、後ろから回された手が捏ねるように撫でまわす。親指と人差し指がぷっくりと膨らんだ先端を転がすように、セヴィオス曰く「洗って」いる。

確かに最初は普通だった。ティアリスの後ろに回ったセヴィオスはまず初めに彼女の肩から背中にかけてまるで撫でるように泡を広げていった。なめらかな泡にまみれた手で撫でられる感触は、くすぐったさと気持ちよさの入り混じったものだったが、決していやらしい感じはなかった。

セヴィオスは続いて腕も洗った。この時も手つきは普通だった。

ところが前を洗うようになると、明らかにその手つきは今までとは違うものになった。

胸の膨らみをぬるぬると撫でまわし、ぷっくりと膨らんだ先端を指が執拗に弄り回す。訴えても、本人は「洗っているだけ」と繰り返すのだ。

「あっ、ん、んんっ、くぅ」

抑えても声が漏れてしまう。湯気と花の香料の入った石鹸の香りが充満している浴室にティアリスの喘ぎ声が響く。

いつもとは違う、泡越しに与えられるくすぐったさとむず痒いような快感がたまらなかった。じっとしていられなくて、つい身をよじってしまう。背中がセヴィオスの胸と擦れ合ってそこでも妙な快感を生んだ。

腰を押しつけお尻を振ると、さっきから腰にあたって主張しているものが、いっそう硬くなるのを感じた。

「洗ってあげているだけなのに、身体を押しつけて……誘ってるのかな?」

「……ち、ちがっ」

自分のしたことに気づいてティアリスは顔を真っ赤に染める。違っていると言ったらうそになるだろう。自分から腰を押しつけたのは事実なのだから。

「洗っている最中だからね。コレをあげるのはもっとあと。いい子にしているんだよ」

笑いながらセヴィオスは胸から手を下に滑らせて、今度は下腹部を円を描くように撫でる。子宮を意識させるその動きにティアリスの中がキュンと疼いた。ドロリと奥から蜜が零れて髪と同じ色の薄い茂みを濡らす。その先はもう付け根しかない。ところがセヴィオスは胸から手を放し、今度はティアリスの前に回って跪いた。

「足を洗うね」

再び石鹸を手に取って十分に泡立てる。ティアリスの太ももから足先にかけてセヴィオスは丁寧に石鹸だらけの手を滑らせていった。

「ふっ……ん、く……」

それは決してイヤらしさを感じさせる手つきではなかったが、敏感になっているティアリスにとっては愛撫も同然に感じられた。

セヴィオスの手は右足を洗い終え、もう片方の左足に移る。ティアリスは唇を噛みしめ、その責め苦が終わるのを待った。もはやティアリスにとっては「洗ってもらっている」のではなくなっている。足はぶるぶると震え始め、立っているのがやっとだった。

「ん、ぁ、んンッ、んっ」

足を洗い終わり、次にセヴィオスの手が向かったのはお尻の膨らみだ。前から手を後ろに回し、円を描くように撫でる。時折肉をぎゅっと強く掴まれて、背筋にじわじわと快感が這う。胸に比べるとお尻は感じない方だが、ぬるぬると滑る手が気持ちよくてティアリスの唇からは艶めかしい吐息があがる。

強弱つけられてお尻をたっぷり洗われたあと、とうとうセヴィオスの手は最後まで残っていた両脚の付け根に向かった。

割れ目に泡を塗り込めるように指が這う。

「んっ……ぁ、はぁ、んっ、ぁん」

ティアリスの口から嬌声が漏れた。指が一本ぐっと押し込まれ、ゆるゆると動き出す。その動きに合わせるようにティアリスの腰が揺れた。

じわりと奥から蜜が零れる。もはやそこが濡れているのは泡のせいなのか、それともティアリスから滴り落ちる愛液のせいなのか判別がつかなくなっていた。

「いくら洗っても、奥から溢れてくる。きりがないね」

揶揄しながらくすくすとセヴィオスが笑う。

「ただ洗っているだけなのに。こんなに感じちゃうなんてティアリスがあまりにイヤらしい身体をしているからだね」

「い、言わない……きゃあっ」

ティアリスの口から悲鳴があがる。もう片方の手がティアリスの付け根に伸ばされ、泡とぬるついた蜜にまぶされた親指が茂みの奥に隠れている淫芯に触れたからだ。

「あっ、あっ」

もっとも敏感な突起を摘まれて、ティアリスの腰が大きく跳ねた。

「やっ、弄っちゃ……」

「だって、ここも洗わないと」

言いながらティアリスを責めるセヴィオスの指の動きが加速する。どうやらティアリスを弄っている間に自分の方が我慢できなくなってしまったらしい。彼の股間の屹立は膨張し、反り返っていた。

「あっ、あっ、ああ、もうだめっ」

ガクガクと足が震え、立っていられなくなってティアリスは手を伸ばしたところにちょうどあった浴槽の縁を摑んで支えにした。

「あっ。あ、あン、ンンッ、んっ、イク……!」

やがて、浴室にティアリスの甘い悲鳴が響き渡った。

「あっ……はぁ……あ、ん……ふ、ぅ……」

絶頂に達したあと、ティアリスは浴槽の縁にもたれかかり荒い息を吐いていた。セヴィオスはティアリスの細い腰を摑むと、お尻を突き出させる。

「……セヴィオス様……？」

のろのろと顔をあげたティアリスは振り向こうとした次の瞬間、後ろからセヴィオスの怒張に貫かれて目を見開いた。

「あああ——！」

突き立てられたものが一気にティアリスの奥を犯す。縁を摑んだままのティアリスの背中が弓なりに反った。痛みはなかった。すでに洗うと称して行われた愛撫に熱く濡れて、セヴィオスを待ちわびていたからだ。

セヴィオスの形を覚えた膣襞が歓喜に震え、彼の楔に熱く絡みつく。それを振り切るように引き抜かれた屹立が再び押し込まれる。震えるような愉悦が背筋を駆け上がった。

「あ、あ、あっ、っぁあ！」

ティアリスの喉から甘い悲鳴がほとばしる。ずんずんと打ち込まれ、感じる部分を執拗に突かれ、きゅきゅっと子宮が疼いた。それに連動するようにティアリスの媚肉が蠕動し、セヴィオスを引き絞る。

「くっ……」

小さく呻いたセヴィオスは、ますます激しくティアリスの奥を穿った。

セヴィオスはいつになく性急だった。いつもであれば、挿れたあともじっくりティアリスを焦らすのに、今日はその余裕もないようだった。おそらく、それが彼自身が考えた囮作戦だったとはいえ、ティアリスが殺されかけたことが影響しているのだろう。それにティアリス自身も優しさを求めてはいなかった。

——もっと、もっと、欲しい……！

「ん、っ、んんっ、ぁ、ふぁっ！」

打ち込まれるたびに声を漏らしながら、ティアリスは心の奥底から湧き上がる欲求に素直に従う。殺されかけたこと、その時に発した「諦めたくない」という叫びが、ティアリスを何かから解き放っていた。

穿たれる動きに合わせて自分から腰を振ってセヴィオスを求める。

——私をあげる。全部あげるから。だから、セヴィオス様、あなたのすべてが欲しい……！

ティアリスの心の声が聞こえたように、彼女の臀部に腰を打ちつけながらセヴィオスが荒い息の中で言った。

「……ああ、そうだ。ティアリス、もっと僕を求めるんだ……もっと」

「セヴィオス様……！」

打ちつける動きが速くなり、いつしかティアリスは何も考えられなくなっていた。

「あっ、ああっ、ん、イクッ……！」

やがて激しく身体を震わせ、セヴィオスの欲をぎゅうぎゅうに締めつけながら、ティアリスは二度目の絶頂に達した。

互いの身体から立ちのぼる、むせ返るような花の香りに、雄と雌が奏でる淫靡な香りが混ざり合う。

「くっ……！」

ずんっと奥に埋められた肉茎が膨らみ、はじけ飛んだ。

「っあ……んっ、ん、あ……」

胎内に熱い飛沫を受けながら、ティアリスはうっとりと微笑む。

やがてティアリスはのろのろと顔を上げ、後ろを振り返った。その唇にセヴィオスが口を寄せる。湯気が立ち込める中、二人は長いキスを交わした。

その後、湯船《ゆぶね》の中にセヴィオスに背中を預ける形で一緒に浸かった。

身体についた石鹸はすべて流され、その他の体液もセヴィオスが綺麗に洗ってくれた。あやうくその時に二回目に突入するところだったが、さすがにそれは遠慮させてもらったのだった。

セヴィオスは名残惜しそうにお湯の中でもティアリスの身体を撫でている。それをなるべく無視しながらティアリスはお湯の温かさと事後のけだるさに身をゆだねた。

「愛しているよ」

ティアリスの頭のてっぺんにキスを落としてセヴィオスが言う。

「え……？」

驚いて見上げると、セヴィオスは苦笑していた。

「どうしてそんなに驚くのかな？　誰が見ても僕の気持ちは疑いようがなかったはずだけど？」

「……同情と執着なのかと思ったのです。愛という言葉はなかったから」

「ほとんど無理やりだったからね。それに愛という言葉を君に押しつける気はなかった」

それから少し言葉を切ってセヴィオスは続けた。

「最初会った時は確かに同情だったかもしれない。境遇が似ていたし、いつも憐れまれる立場だったから自分が同情という感情を抱くこと自体が面白くて。あとは君が僕に何も望まないことが珍しかった。今までそんな女性はいなかったから。でも君が何も望まないことが気に入ったくせに、次第にそれが苛立ちに変わった」

「え？」

「君は何も求めない。何も望まない。ひどい目にあっても訴えてこない。諦めて静かに受け入れてしまう。それが歯がゆくてね。自分の無力さを嫌と言うほど自覚したよ。でも当時の僕には君を守りたくてもその力がなかった。だから力が欲しいと思った。自分を守るすべを持たない君が安心して笑っていられる世界を作りたかった」

「……それで聖王に？」

「ああ。手段は選ばなかったよ。直接じゃないけど、色々画策して異母兄たちと父上を殺した。……僕が怖い？　君が恐れを抱いて当然だ。僕も狂っていると思う。でも後悔はしていない。君を守るために僕なりに考えてしたことだ」

――ああ、この人はなんて優しい。

狂ってなんていない。ただ、ティアリスのために自分が必要だと思ったことを断行しただけだ。……ティアリスが自分で自分を守ろうとしないから。

ここに来てようやくティアリスは、何も望まず、最初からすべて諦めている態度が「狂王」を作り出していたことに気づく。

ティアリスにとってそれは誰も味方のいないロニオンで自分を守る手段だったのだが、ブラーゼンでは彼女を大切に思う人たちにとってそれはさぞあやうく見えたことだろう。自分を守らないティアリスがこれ以上傷つかないですむように、ティアリスの周囲を変えるしかないとセヴィオスが考えたのも無理はなかった。

それはティアリスの罪だ。ティアリスが少しでも自分で立ち向かっていたら。例えばトーラや前の女官長のことも、自分は冷遇されていることを訴えて騒げば何か変わったかもしれないのだ。ところがティアリスはどうせ無駄だからと最初から諦め何もしなかった。だから「狂王」が誕生した。ティアリスに優しい世界を作り、傷つける者を排除していく「狂王」が。

だがそれは王になってから始まったことではない。セヴィオスが聖王になる、そのもっと前からずっとティアリスは彼によって守られてきたのだ。

ティアリスは向きを変えて、セヴィオスと向かい合うと、彼の首に手を回して思いを込めて言った。

「あなたを、愛しています」

セヴィオスの目が大きく見開かれる。

愛を口にしなかったのはティアリスも同じ。最初から諦めて自分からは何もしなかった。でもそれではだめなのだ。

「お母様の話を聞いてくれたあの時からずっと愛しています。あの時のセヴィオス様の言葉で私は救われたのです。私はそんなあなたを慕わずにはいられなかった。狂王であることもあなたの一面であるならば、私は喜んであなたのその狂気の部分ごと愛します。私の――『狂王』」

狂王に守られて、ティアリスは彼の作った箱庭で生きていくのだ。諦めたわけではなく、自ら望んで。

セヴィオスの手が背中に回り、ティアリスをぎゅっと抱きしめる。

「愛しているよ、ティアリス。君だけが僕の何もなかった世界を揺り動かす。感情を与えてくれる。君が幸せだと笑ってくれるだけで、僕の存在に意味が与えられている気さえするんだ。君は……僕のすべてだ」

自分の何がこれほどにまでセヴィオスをかきたてるのかは分からない。けれどティアリスは彼が与えてくれるものならばなんでもよかった。それがたとえ狂気であっても。

「セヴィオス様とあなたが作った私に優しい世界《箱庭》でこれからも一緒に生きていきたい。外の世界がどんなに私に厳しくても、私を下賤の者だと罵ってもかまわない。セヴィオス様がいてくれるなら」

「ならば笑っていて、ティアリス。いつでも幸せだと言って笑ってほしい」

――あなたは私に世界を与えてくれた。だから私もすべてを差し出すわ。

「はい。セヴィオス様。私は幸せです」

ティアリスはセヴィオスの腕の中で笑った。

＊＊＊

――むせ返るような血の匂いがした。

ティアリスはあの時見た夢と同じように、ロニオンの謁見の間にいた。ただあの夢と違ってブラーゼンの兵士も、倒れているロニオン兵もいない。いるのは父王と王妃。それにファランティーヌだけだった。

父王は血だらけで玉座に座っていた。王妃も血だらけで座っていた。そしてその二人の間の席に座っているのは、首から血を流すファランティーヌだった。

——ああ、これは夢だ。あの十一歳の誕生日の夢を見ているのだわ。

なぜなら自分も十一歳の時の姿をしていたからだ。

『なぜ国を滅ぼさせたんだ？　そなたがいながら！』

『なぜわたくしたちを殺したの？　この役立たず』

『裏切り者！　せっかくお前を生かしてやったのに』

三人はティアリスを罵る。どうしてロニオンが滅ぼされないようにしなかった。なぜ助けてくれなかったと、恨み言を繰り返す。

いつものティアリスだったらごめんなさいと謝って、跪いて許しを乞うただろう。実際そう言うつもりだったのだ。

けれど口を開いて出てきたのはまったく異なる言葉だった。

「なぜ私があなたたちを守らないといけないの？　あなたたちは私が必死に頼んだ時何も助けてくれなかったのに。私を愛し必要としてくれました？　一度でも誕生してきたことを祝ってくれました？　いいえ、あなたたちは何もしてくれなかった。私にはあなたたちなんていらない」

十一歳のティアリスは嫣然と笑う。けれどその目は暗く翳り、青い目は凍りついたように冷ややかだった。

「あなたたちがこの世から消えてくれてとても嬉しい。セヴィオス様は私の望みを叶えてくださった。……ねぇ、知っていた？　私があなたたちを心から憎んでいたのを――」

　玉座で父王たちが驚愕に目を見開く。それを見てティアリスはほの暗い喜びを覚えた。ずっとずっとそう言ってやりたかったのだ。

「あなたたちなんていらない。私の世界に必要ない。だから――永遠にさようなら。お父様たち」


　ふと目を覚ますと、ティアリスは寝室のベッドにいた。隣ではセヴィオスが静かな寝息を立てている。

――そうだ。寝室に戻ってきて、また愛し合ったんだった……。

　その時のことが脳裏に浮かび、微笑みかけたティアリスは、けれど急に顔をこわばらせた。今しがた見た夢を思い出したからだ。

――ああ、何ということかしら……！

　ティアリスは両手で顔を覆った。

　でも否定することはできない。あれは紛れもなくティアリスの本音だ。

　ティアリスは父王を、王妃を、ファランティーヌを憎んでいた。自分たち母娘に苦しめ続けた彼らをずっとずっと心の奥底では恨んでいたのだ。

　辛いロニオンでの日々。父王から誕生日をただの一度も祝ってもらったこともない。優しくされたこともない。いつだって惨めだったし、辛くて悲しかった。

そんな中で自分の存在をなかったことにしている相手と、侮蔑と憎しみしか与えてこない相手に悪感情を抱かずにいるのは無理なことだった。

けれど周りに敵しかいないロニオンで彼らに対する憎しみを悟られたら命はない。現にほんの少し反抗的な目で見ただけで、ティアリスは火傷を負わされた。だからティアリスはこの感情を悟られないように彼らの前では目を伏せるようになった。心の奥底に押し込んで諦めの中に包んでその感情を見ないようにしていた。

『ティアリス。心はね、隠していても目に出てしまうの。だからあの人たちの前では目を伏せていて。決して、あの人たちの目を見てはだめよ』

ティアリスにそうするように言ったのは母親だ。彼女は娘の中に宿る憎しみの心に気づいていたのだ。だから死の床でもあの言葉を言い残したのだろう。

でも心の底に押し込めて気づかないふりをしていても、なくなったわけじゃない。隠していた気持ちが言葉や態度の端々に影響しなかったとは考えにくい。

今ならそれが分かる。セヴィオスがいつか言っていたとおりだ。何も求めない、何も望まないと言いながら心の中では、本当はすべて望んでいた。求めていた――。

『私には必要のない場所です』

『お父様たちにも……もう二度と会いたくない。王妃様にもファランティーヌにも。もう私とは関係のない人たちです』

彼らが憎かった。嫌いだった。いなくなってくれたらと願った。自分たちに冷たいロニオンなど滅んでしまえと思っていた。自分ができないなら誰かにそれをやって欲しいと望んでいた。

——ああ、そうだわ。私の方がきっと狂っている。

ティアリスは身を起こすと、隣で眠るセヴィオスをじっと見おろす。愛おしさがこみ上げ、そっと手を伸ばしてセヴィオスの頬に触れた。

「……私の望みを叶えてくださって、ありがとうございます、セヴィオス様」

もう彼を怖いとも思わない。ティアリスが恐れたのは「狂王」の彼ではなく、彼にそうさせてしまう自分自身の方だ。今ならそれが分かる。

でももう、恐ろしいとは思わない。自分の中にある感情《狂気》を知ったから。

——この方と、生きていこう。

狂っているティアリスが生きていけるのは、きっとセヴィオスの作った世界の中だけ。ティアリスが求めるのも、セヴィオスと彼が与えてくれる箱庭だけだ。

満足そうに微笑むと、ティアリスは再びセヴィオスの腕の中に戻った。

そこがティアリスの望む世界だった。

エピローグ　箱庭の中で彼女は笑う

ヨルクは侍従見習いとして宮殿にあがったばかりの青年を伴ってセヴィオスの屋敷に向かっていた。

「ヨルク様！　この屋敷が陛下の生まれ育った場所なんですね」

小さな屋敷の正面玄関を見習い侍従は感嘆したように見上げた。

見習いの年齢は十五歳だという。ちょうどティアリスと出会ったばかりのセヴィオスと同じ年だった。

同じ十五歳でもこうも違うものかと、青年というよりまだまだ少年のような見習いを見てヨルクは内心苦笑する。

「陛下はよくここへ聖王妃陛下と一緒にいらっしゃる。君も今後ここへ足を運ぶことが多くなると思うので、今のうちに屋敷と屋敷の管理人に紹介しておこう」

「はい！」

門を警護する馴染みの兵士に挨拶をし、ヨルクは見習いと共に屋敷の玄関に向かった。呼び鈴を鳴らすと、パムが扉を開けながらにこやかに迎えた。

「まぁ、ヨルク様、いらっしゃいませ。ちょうど陛下とティアリスお嬢様もいらしておりますよ」

「こんにちは、パム。やはり陛下はここに来ていましたか」

ヨルクの口元に苦笑いが浮かぶ。セヴィオスは公務が一つ取りやめになったのをいいことに休憩と称し、そのまま姿を消してしまったのだ。もしやと思い、聖王妃の部屋を訪ねると、ティアリスも部屋にいないという。ユーファがため息交じりに言った。

『若様が突然来てティアリス様を連れ出してしまったのです』

セヴィオスが寝室以外にティアリスを連れ出す場所など一つしかなかった。

「パム。紹介しましょう。最近侍従の見習いとして入ったセイルです。私の補佐役としてついてもらうので、ここへも今後出入りするかと思います。セイル、挨拶を」

「はい！　新しく侍従見習いになりましたセイル・オスクードです。よろしくお願いします！」

セイルは元気よく言ってぺこっと頭を下げる。パムは相好を崩した。

「まぁ、とても元気な方ね。私はこの屋敷の管理を任されているパムと申します。今度ともよろしくお願いしますね」

「はい！」

「パム、お二人は庭ですか？」

性急にヨルクが尋ねるとパムは頷いた。

「はい。お二人とも裏の庭にいらっしゃいますよ」

それからパムは悪戯《いたずら》っぽく笑って付け加える。

「長くなりそうなので、ヨルク様たちのお茶もご用意しておきますね」

台所へ向かうパムと別れてヨルクは裏庭の方へ足を向けた。その後をセイルがついてくる。セイルはきょろきょろと物珍しそうに周囲を見まわして感激したように言った。

「聖王陛下は僕らの英雄なんですよ。その聖王陛下の生まれ育った場所にこうして来られるなんて、僕はなんて幸運なんだろう！」

セイルに限った話ではないが、最近宮殿に入ってきたばかりの若い貴族たちは妙にセヴィオスに憧れている者が多かった。

無理もないとヨルクは思う。元帥として戦いの指揮をとり、ナダ戦、南征、西征、北征を立て続けに成功させてきたセヴィオスの活躍をその目で見ている者が多いし、聖王の座についてからこの一年で様々な改革案を打ち出し、それを成功させている。そんなセヴィオスは彼らの英雄そのものなのだろう。

「でも、陛下は確かにすごいんだけど、その隣に並ぶ聖王妃様はちょっと地味ですよね」

少年特有の無知さと率直さでセイルはとんでもないことを言いだした。

「公務は限られたことしかなさらないし、朝議に出ても何も言わないし、聖王陛下の言うことに賛成するだけ。謁見でもあまり言葉を交わさないし、あの聖王陛下の奥方にしてはパッとしないってみんな言っています。確かにお綺麗な方だけど」

しかも聖王妃様の祖国のロニオンはもうないのでしょう？

無邪気に言葉を重ねる見習いに、ヨルクは無知ということは恐ろしいものだと改めて認識した。だがこれが何も知らぬ世間一般の聖王と聖王妃に対するイメージなのだ。

ヨルクは足を止めてセイルを振り返る。

「いいかい、セイル。その言葉を人に聞こえるところで——いや、二度と言ってはいけない。命が惜しいのなら。家族が大事ならね」

「ヨ、ヨルク様？」

「君も宮殿に入って一か月は経っている。そろそろあの噂を聞いているのではないか？聖王妃の悪口を言ってはならない。賢王の耳に入ればたちまち王は狂王となる、と」

セイルはきょとんとなった。

「え、聞きましたけど……単なる噂ですよね？」

「噂ではない。真実だ」

「えっ!?」

仰天するセイルにヨルクは小さくため息をついた。

「そのうちセヴィオス陛下の近くにいれば否応なく知ることになるだろう。陛下が狂王と密かに呼ばれる所以と、賢王でいるためにティアリス様が不可欠だということも」

「え？　聖王妃様が？」

「ええ。セヴィオス陛下が聖王になったのは彼女のためですから」

もうティアリスと出会う前のセヴィオスのことを覚えているのは、近くに仕えている者たちだけだろう。何事にも無関心で、興味を引くもの以外はどうでもよくて、感情の薄い子どもだったセヴィオスを知っているのは。

大部分の人間は柔和な笑みと聡明さで人々を魅了するセヴィオスしか知らない。

ヨルクのひいき目でなく、前聖王の子どもの中で一番次期聖王にふさわしいのはセヴィオスだった。

セヴィオスは賢く、敏く、思慮深く、慎重な性格だ。考え方が柔軟で、しかも公正明大。まさしく上に立つ者としての才覚に溢れていた。だが一方で、他の王子にはあった大事なものが欠けていた。王になる動機と、やる気だ。しかも、幼い頃の母親との薄い関わり合いのせいか、感情が薄く、人には無関心だった。何かを大切に思う気持ちにも欠けていた。セヴィオスにとって己すら大事なものではないのだ。

彼の興味はすべて知識を得ることに注がれていた。周囲にいるほんの一握りの人間さえ、彼にとっては「大切なもの」ではなかったのだ。

そこにティアリスが現れた。無力で哀れで権力に蹂躙《じゅうりん》されるしかないティアリスが。彼女の何も望まない態度がセヴィオスを惹きつけ、やがて憐みや同情、恋情、性欲といった今までセヴィオスに欠けていた感情を抱かせた。そう、彼女によってようやく人間らしい感情を覚えたのだ。

そして彼女を守るために聖王となる決心をした。今の柔和な笑みも、話術も、すべてそのための手段に過ぎないのだ。賢王としての彼の実績もティアリスを守るための箱庭を強固にするためのものでしかない。

「陛下の本質は今でも変わっていない。何事にも無関心で、興味を引くもの以外はどうでもよくて、無慈悲。そう。狂王と呼ばれるものの方が元々の陛下の姿なんですよ。賢王の部分はティアリス様を囲う箱庭のため装っているに過ぎない。つまり、ティアリス様こそが陛下を賢王たらしめているのです」

「ええと、つまり聖王陛下には聖王妃様が必要だってことですか？」

難しすぎたのだろう。セイルは首を傾げている。今の彼に説明してもすべて理解はできないだろう。

「ええ。そういうことです」

ヨルクは苦笑いを浮かべて頷いた。

いずれ「狂王」としてのセヴィオスと、「賢王」としてのセヴィオスを見ていくうちに分かっていくだろう。そしてまたセイルもティアリスを守る箱庭の壁になる。

——そうやって自分たちはティアリス様を守ってきた。

ティアリスがいさえすれば、彼女を守るためにセヴィオスは王になる。王であり続ける。王になって欲しいヨルクと、王の地位を彼女を守るために利用したいセヴィオス。思惑が一致して今があるのだ。

ヨルクにとってティアリスはセヴィオスへの供物《くもつ》、生贄だった。欠けてはならない唯一の存在だ。損なわれては困る。そしてそれはセヴィオスにとっても同じこと。

狂王としての一面を隠そうともせず周囲に見せつけ、人々に恐怖を覚えさせることでティアリスを守っている。彼女に優しい世界を作り続けている。

『セヴィオスを賢王にしているのはティアリス。自分《セヴィオス》を「狂王」ではなく「賢王」でいさせたいなら、ティアリスを守れ。損なうな』

自分を使って暗にそう脅しているのだ。

セヴィオスの周囲はティアリスを必死で守るだろう。心も身体も傷つけないようにするだろう。そうしてますますセヴィオスの世界《箱庭》は彼女に優しいものとなっていくのだ。

――さすが私の聖王陛下だ。

ヨルクはうっとりと笑いながら庭へと続くガラス戸に手をかけた。だが戸を開けて外を一目見ただけで状況を察し、ガラス戸を閉じる。

「ヨルク様？」

「なるほど、パムの言ったとおりだ。邪魔をしたら馬に蹴《け》られそうだ」

ヨルクはふぅっと諦めの吐息をつくと、セイルに言った。

「しばらくは無理そうです。我々もパムの淹れたお茶をいただきながらゆっくり待つことにしましょう」

「え？　あ、ヨルク様！」

セヴィオスを連れ戻しにきたのに、庭に入ることなく引き返すヨルクにセイルは困惑していた。けれど戸惑っている間にヨルクはどんどん行ってしまう。

セイルは一度だけ庭を振り返ってから、ヨルクを慌てて追いかけ始めた。

＊＊＊

ヨルクが邪魔をしてはいけないと足を踏み入れなかった庭では、いつもの木の下で、ティアリスが優しく微笑んで自分の膝の上で眠るセヴィオスを見おろしていた。

セヴィオスは先ほどまでティアリスに膝枕をしてもらいながら本を読んでいたのだが、いつの間にか寝てしまったのだ。胸に本を開いたままの状態で置き、手足を草の絨毯《じゅうたん》の上に投げ出している。

こうして居眠りをするセヴィオスには聖王としての威厳はなく、年相応の若者にしか見えなかった。

無防備な姿をこうして晒してくれることが、今のティアリスの喜びだ。

在位一年が過ぎて改革も軌道《きどう》にのり、余裕のできたセヴィオスは公務を少し減らすようになった。そして以前のようにティアリスとのんびりこの庭で過ごすことを望んだ。

おそらくこうして以前の二人に戻る時間がセヴィオスには必要なのだ。もちろん、ティアリスにも。

ここにいる間だけは聖王と聖王妃ではなく、ただのセヴィオスとティアリスでいられる。この時間がティアリスは好きだった。

周囲から隔絶された、二人だけの世界。優しい人たちだけしか存在しない箱庭。

ティアリスは微笑みながら目にかかっているセヴィオスの前髪をそっとかきあげる。するとその手を摑む手があった。驚いて見おろすとセヴィオスの黒い目がぱっちりと開いていた。

「ごめんなさい、起こしてしまいました?」

「いや、実は最初から起きていた。ティアリスが眠っている僕にこっそりキスしてくれないかなと思って」

セヴィオスは黒い目に悪戯っぽい光を浮かべて笑う。

「もう、セヴィオス様ったら」

ティアリスも笑ったが、悪戯心を起こしてそっとセヴィオスの顔に覆いかぶさる。ティアリスの淡い金髪がふわりと零れて二人の顔を覆い隠した。二人だけの世界でセヴィオスとティアリスは情熱的な口づけを交わす。

やがて顔をあげたティアリスは恥ずかしそうに頰を染めた。セヴィオスは嬉しそうに笑うと、起き上がってティアリスの頬に手を伸ばす。

「ねぇ、ティアリス。今君は幸せかい？」

不意にセヴィオスが真剣な顔になって尋ねた。

もちろんティアリスの答えは決まっている。

「ええ。幸せよ」

箱庭の中で、セヴィオスのすべてを受け入れ生きていくことを選んで以来、二人の間には前にも増して愛情溢れる、そして穏やかな日々が流れるようになっていた。

ティアリスは幸せかと問われれば間違いなく幸せだった。

たとえそこがセヴィオスが作り上げた箱庭の中だけの幸せであっても。


「とても、幸せ」

ティアリスはセヴィオスの望むとおりに、今日も箱庭の中で笑っている。

あとがき

拙作を手にとっていただいてありがとうございます。富樫聖夜《とがしせいや》です。

今回のヒロインは庶子で冷遇されている不憫《ふびん》な王女。逆らいもしないで流されるので、好き嫌いは分かれそうですが、それが彼女の生きる術です。最後まで読むとヒロインのティアリスもけっこう歪んでいるのが感じられるのではないかと思います。ヒーローのセヴィオスはそんな自分を守ることもしない彼女に、やさしい世界を作るために王になります。安定の歪みっぷりですが、一途で献身的です。書いていて、とても楽しかったです。

イラストのアオイ冬子《ふゆこ》先生。とても素敵なイラストありがとうございました！　ティアリスがとても可愛いです。セヴィオスが放っておけないのも当然ですね。

編集のY様。毎回ご迷惑をおかけしてすみません。何とか書き上げることができたのもY様のおかげです。ありがとうございました！

それではいつかまたお目にかかれることを願って。

富樫聖夜

Sonya
ソーニャ文庫

この本を読んでのご意見・ご感想をお待ちしております。

◆ あて先 ◆

〒101-0051
東京都千代田区神田神保町2-4-7 久月神田ビル
㈱イースト・プレス　ソーニャ文庫編集部
富樫聖夜先生／アオイ冬子先生

狂王《きょうおう》の情愛《じょうあい》

2017年5月3日　第1刷発行

著　　者　富樫聖夜《とがしせいや》
イラスト　アオイ冬子《ふゆこ》
装　　丁　imagejack.inc
D　T　P　松井和彌
編集・発行人　安本千恵子
発　行　所　株式会社イースト・プレス
〒101-0051
東京都千代田区神田神保町2-4-7 久月神田ビル
TEL 03-5213-4700　FAX 03-5213-4701
印　刷　所　中央精版印刷株式会社

ISBN 978-4-7816-9599-0
定価はカバーに表示してあります。